HYPERVOID A.D.D.

Band 1: Fallende Himmel

JOSHUA TREE

HYPERVOID A.D.D.

Band 1: Fallende Himmel

BE
Belle Époque Verlag

Joshua Tree Ltd.
Kronou 70, App. 202
Kaimakli
1026 Nicosia
Zypern

joshuatree@weltenblume.de
www.weltenblume.de

Lizenzausgabe des Belle Epoque Verlags, Dettenhausen,
mit freundlicher Genehmigung des Autors.

Lektorat: Jasmin Kraft
Cover: Elementi.Studio
Innenlayout und Satz: Hans-Jürgen Maurer
Besonderer Dank: Viktoria M. Keller

Druck: Custom Printing, Warszawa, Polen

ISBN: 978-3-96357-190-9

»Far from being the smartest possible biological species, we are probably better thought of as the stupidest possible biological species capable of starting a technological civilization—a niche we filled because we got there first, not because we are in any sense optimally adapted to it.«

//

»Weit davon entfernt, die klügste biologische Spezies zu sein, sollten wir wahrscheinlich besser als die dümmste biologische Spezies angesehen werden, die in der Lage ist, eine technologische Zivilisation zu gründen – eine Nische, die wir gefüllt haben, weil wir zuerst an diesem Punkt angekommen sind, und nicht, weil wir in irgendeiner Weise optimal darauf eingestellt sind.«

– Nick Bostrom *(Superintelligence: Paths, Dangers, Strategies)*

Vorwort

Liebe Leser,

seit Behemoth 2333 sind bald drei Jahre vergangen – viel Zeit seit meiner letzten waschechten Space Opera. In diesem Jahr steht bei mir einiges an. Neben mindestens einer Verlagsarbeit mit Fischer TOR (die andere hängt noch in der Schwebe) gibt es ein Geheimprojekt, an dem ich gerade mit jemandem ganz Besonderem tüftle. Das alles bedeutet viel Arbeit im positiven Sinne. Trotzdem wollte ich unbedingt wieder in eine etwas fernere Zukunft eintauchen und eine Idee verfolgen, die mir seit einiger Zeit im Kopf herumspukt. Aufgrund meines vollen Terminplanes musste ich allerdings einen Kompromiss eingehen: Ein Buch mit +/- 400 Seiten kann ich in dem für Sie gewohnten Veröffentlichungsrhythmus nicht schaffen. Da ich es als Leser selbst nicht mag, zu lange auf Fortsetzungen zu warten, habe ich mich dazu entschieden, diesen Rhythmus beizubehalten und dafür etwas kürzere Romane von knapp 200 Seiten zu veröffentlichen. Es handelt sich bei HYPERVOID A.D.D. also um eine waschechte Serie. Wie viele Bände es werden, kann ich noch nicht sagen, die Story entwickelt sich an dem feststehenden Gerüst konsequent weiter, und ich lasse Raum für Ideen, die beim Schreiben kommen. Ich hoffe, dass Sie viel Freude mit diesem Buch und den nächsten haben. Bleiben Sie gesund in Zeiten der Corona-Krise, helfen Sie, wo Sie können, und lassen Sie sich nicht unterkriegen. Sehen Sie das Positive: Immerhin leben wir nicht in Seattle – ein kleiner Insider vorweggenommen ;-).

Herzliche Grüße,

Joshua Tree

Prolog

»Charlieee!«, rief Mary aus der Küche. Die Ungeduld in ihrer Stimme war nicht zu überhören. »Wir müssen wirklich los!«

»Ich komme schon!«, antwortete er laut aus seinem Arbeitszimmer im ersten Stock, das sich direkt unter der Dachschräge ihres kleinen Holzhauses am Fuße des Beckenridge-Massivs befand. Durch ein rundes Fenster unterhalb des Giebels fiel das orangefarbene Licht des Zentralsterns von Epsilon Archimedes auf seinen Schreibtisch, den er selbst gefertigt hatte. Auf der gebeizten Holzplatte lag ein gut erhaltener Schädelknochen eines ausgewachsenen Aethers mit langgezogenem Kopf und abgeflachten Knochenwülsten über den leeren Augenhöhlen. Widerwillig legte er den Pinsel beiseite, mit dem er die letzten Stunden kleinere Unreinheiten entfernt hatte, und seufzte.

»CHARLIE!«

»Ich komme ja schon!«, brüllte er zurück, nahm seinen Pullover von der Stuhllehne und durchquerte die in den einfallenden Sonnenstrahlen tanzenden Staubkörner, bevor er die knarzende Treppe hinabstürmte. Seine Frau Mary und ihre gemeinsame Tochter Seraphina standen um den Küchentisch herum, der von der altmodischen Arbeitsfläche hufeisenförmig umschlossen wurde. Statt eines Replikators gab es einen elektrischen Herd, eine Spüle, einen Kühlschrank und jede Menge Türen, hinter denen sich Geschirr verbarg. Das hatten sie freilich replizieren lassen, da niemand wusste, wie man so etwas überhaupt selbst herstellte.

Mary stopfte ein paar ihrer selbstgemachten Brote in eine Plastikbox und schob sie ihrer Tochter hin, die gerade dabei war, ihre Mähne aus schwarzen Locken zu bürsten.

»Nicht am Tisch!«, schimpfte Charlie im Vorbeigehen und übernahm das Einpacken ihres Proviants selbst, indem er alles in einen Jutebeutel packte.

»Ich kann ja nichts dafür, wenn Mom mich aus dem Bad jagt, weil wir es mal wieder eilig haben«, wehrte sich Seraphina und funkelte ihn wütend an.

Teenager, dachte er und wies seinen NanoWiz an, ihm die aktuelle Uhrzeit ins Sichtfeld einzublenden. »Verdammt!«

»Was ist?«, wollte seine Tochter wissen.

»Wir kommen zu spät!«

Sie schob den Ärmel ihres Leinenhemds zurück und sah auf die altmodische Armbanduhr, die sie ihr zum sechzehnten Geburtstag geschenkt hatten. »Ja.«

»Komm Schatz, wir müssen los!«, wandte er sich an seine Frau, die wütend an ihrem Zopf zerrte und in Richtung Tür deutete.

»Geh und mach die Fahrräder fertig, bevor ich dich umbringe, *Schatz.*«

»Ist ja gut«, erwiderte Charlie kleinlaut und kehrte in den Flur zurück, wo er sich die Wanderschuhe überstreifte und dann durch die Haustür hinaustrat.

Die Luft auf Aetherium roch wunderbar würzig nach Kräutern und dieser speziellen Note, die an Minze erinnerte. Als er mit der ersten Kolonistenwelle vor 16 Jahren in seinen Klon heruntergeladen wurde, hatte dieser Duft ihn in absolute Verzückung versetzt, und ein wenig davon hatte er sich bis heute bewahrt. Als jemand, der jahrhundertelang im Orbitalring über der Erde gelebt hatte, hatte er alles, das nicht nach der antiseptischen Umgebung einer Raumstation roch, gierig aufgesogen. Zwar kannte er Natur aus den VR-Sims, und die Sinneseindrücke in seinem Gehirn waren beinahe dieselben, doch eben nur beinahe.

Charlie gönnte sich einen Augenblick, in dem er die riesigen wandernden Bäume betrachtete, die vor dem Haus standen und einen Halbkreis bildeten. Bis zu einhundert Meter streckten sie sich in den klaren Himmel von Aetherium mit knorrigen, recht kurzen Ästen und sichelförmigen Blättern. Zwischen den verschiedenen Rindenabschnitten zogen sich blau leuchtende Äderchen hindurch und pulsierten im Takt des Planeten, den die KI noch nicht hatte entschlüsseln können. In einigen Wochen würden diese Bäume bis zu fünfzig Meter nach Norden gewandert sein und von anderen Artgenossen ersetzt worden sein, die entsprechend nachrückten. Konnte es eine faszinierendere Welt geben? Der Wind war heute recht stark und kam von Osten, was zu der einsetzenden Sturmsaison passte. Ein wenig früh für diese Zeit des 544 Tage dauernden Jahres, aber es war noch nicht stürmisch genug, als dass er die Fahrt abgesagt hätte.

Die Fahrräder!, rief er sich in Erinnerung und lief an der Front ihrer großen Blockhütte vorbei zu dem kleinen Unterstand, den er gezimmert hatte. Die drei Zweiräder besaßen keinerlei Elektroantrieb oder dergleichen. Sie waren von dem Replikator, den sie sich nach der Ankunft geleistet hatten und den er auf der anderen Seite im Schuppen eingeschlossen hatte, aus einer Rohmasselieferung aus Star City gedruckt worden. Mit zwanzig Gängen und leichten Vollgummireifen waren sie die perfekten Fortbewegungsmittel für das Natural-Reservat. Hier gab es keine AntiGrav-Kapseln, keine Autos und keine Q-Tech – und das war gut so.

Nacheinander brachte er die Räder vor das Haus, dessen frisch lackierte Baumstämme wunderbar würzig rochen, und stellte sie auf den Seitenständern ab. Die Wegzehrung für die mehrstündige Fahrt zur Versammlung klemmte er auf den

Gepäckträger und nahm von Mary die Wasserflaschen entgegen, als sie herauskam und sie ihm reichte. Er steckte sie nacheinander in die Halterungen am unteren Rahmen und wartete, bis auch ihre Tochter herauskam, die Tür hinter sich zuzog und zu ihrem Rad ging. Gemeinsam fuhren sie den kleinen Schotterweg hinab zur ersten Weggabelung und bogen dann unter dem Schatten der blau schimmernden Baumriesen nach Nordosten ab. Die schmalen Reifen ihrer Räder knirschten auf dem feinen Schotter und selbst der aufgewirbelte Staub lag wie pure Freiheit in seiner Nase. Er wusste noch zu gut, wie überwältigend der Anblick dieser Welt gewesen war, als er aus dem Omni-Life Tank gestiegen war, kurz nachdem der Download über den Link abgeschlossen war. Im einen Moment hatte er im Starhub des östlichen Orbitalrings gelegen, per NanoWiz mit dem Quantum-Link verbunden. Es war genau so gewesen, wie die KI es vorhergesagt hatte: einmal die Augen schließen und bis zehn zählen und dann in einem neuen Leben aufwachen. Genau das hatte er getan und sich plötzlich auf diesem Wunder von einem Planeten wiedergefunden. Dass es nun zwei von ihm gab – sein Ich daheim im Orbitalring und ihn, ein und dieselbe Person und gleichzeitig ein Klon – störte ihn von Woche zu Woche immer weniger. Am Ende war auch das bloß ein Gedanke. Wenn man ihm keinen großen Raum gab, wurde er unwichtig und so substanzlos, wie Gedanken nun einmal ihrem Wesen nach waren.

Das Schellen von Seraphinas Klingel riss ihn aus seinen Grübeleien, und er sah zur Seite, wo sie neben Mary, die in der Mitte fuhr, begeistert nach vorne zeigte. Charlie folgte ihrer Geste und nickte eifrig.

»Ein Straßenbot«, erklärte er, als er einen der vielen Roboter sah, die ihre Natural-Gemeinschaft angeschafft hatte, um die Wege im Reservat instand zu halten. Das Wegenetz war simpel, aber wichtig und durch die wandernden Bäume musste es immer wieder angepasst und neu verlegt werden. Das machte es schwierig, ohne die Positionsdaten eines NanoWiz zu navigieren und erforderte regelmäßig neue Kartendaten oder ein gutes Gedächtnis. Seraphina besaß zum Glück so eines.

Der Straßenbot sah aus wie ein großer Skarabäus mit sechs Beinen und einem mächtigen Torso, in dem das Gestein, das er aus dem Boden saugte, in Schotter verwandelt wurde. Fühlerartige Fortsätze aus morphendem Polysmart verteilten den Belag und sorgten für ein gerades Bett des Weges.

Sie näherten sich auf der rechten Seite und der vollautomatische Roboter piepte als Zeichen, dass er sie registriert hatte. Artig fuhr er seine Tätigkeit herunter und machte Platz. Charlie radelte vorweg, sodass sie eine kleine Kolonne bildeten, und scherte dann wieder aus. Über ihnen rauschte der Wind in den Baumkronen und brachte einen Schwall Wärme zu ihnen nach unten.

»Huch!«, machte er erschrocken, als es einige Meter vor ihnen laut knackte und ein dicker Ast quer auf den Schotterweg krachte. Fluchend zog er die beiden Bremshebel am Lenker durch und kam schlitternd zum Stehen, knapp vor dem Hindernis. Auch Mary bremste gerade noch ab. Als er zu Seraphina sah, fror ihm das Herz ein. Sie raste ungebremst auf den Ast zu, drückte immer wieder die Hebel durch, doch es brachte nichts. Sie geriet ins Schlittern, krachte mit dem Vorderrad in das Stück Holz und segelte über den Lenker nach vorne auf den Schotter.

»Sera!«, schrie er, sprang von seinem Rad und rannte zu ihr. Sie lag reglos mit dem Gesicht voran auf dem Boden, ein Arm hässlich abgewinkelt.

»Nein, nein, nein!« Er drehte sie vorsichtig auf die Seite, sah ihr blutiges Gesicht und die Delle in ihrer Brust. Sein NanoWiz schickte ihm eine optische Schnellanalyse der medizinischen Algorithmen und errechnete eine siebzigprozentige Wahrscheinlichkeit für einen Schlüsselbeinbruch, mehrere gebrochene Rippen und ein Schädel-Hirn-Trauma. Empfehlung: sofortige Satellitenübertragung ihrer Memorycluster. Aber das ging nicht. Sie besaß keine Memorycluster.

»Sera!«, rief Mary, die ebenfalls neben ihr kniete. Er hatte sie nicht einmal bemerkt. Schniefend wischte er sich die Tränen aus den Augen. »Sera, kannst du uns hören?«

Sie konnte es nicht. Ihre Tochter atmete noch, doch bereits zehn Minuten später, fernab jeder Hilfe, schlug ihr Herz nicht mehr.

Kapitel 1

Soroush

Erde, Seattle

Der Himmel über Seattle war schmutzig grau, gefangen in einer ewigen Dämmerung. Lediglich Schattierungen von Dunkelheit ließen erahnen, ob gerade die Sonne am Himmel stand, oder ob sie sich auf der erdabgewandten Seite befand. Kilometerdicke Schwefelwolken sorgten seit Jahrhunderten dafür, dass so etwas wie *Tageslicht* oder der *Sternenhimmel* nicht mehr waren, als blasse Erinnerungen in Folklore und Filmen. Es drang gerade genug Helligkeit durch die toxischen Gase in der Atmosphäre, dass man die Hand vor Augen sehen konnte und dennoch reichte es nicht aus. Die Lichter der Stadt brannten rund um die Uhr und sorgten für eine künstliche Atmosphäre, kalt und weiß wie ein zugefrorener Gebirgsfluss.

Soroush Hamilton, in der Seattler Unterwelt als *Soro* bekannt – und mit einem gewissen Stolz *gefürchtet* –, saß auf dem halb abgebrochenen Erker eines ehemaligen Stundenhotels in Renton und blickte auf den Lake Washington hinab. Obwohl das antiquierte und halb zerfallene Steingebäude mit zehn Stockwerken nicht besonders hoch war, lag es nahe genug an dem ehemaligen See, der die Stadt – geografisch gesehen – ausgehöhlt hatte, um weithin sehen zu können. Was einst angeblich voller Wasser gewesen war und Familien für Bootsausflüge und Angeltrips inmitten ihres Zuhauses gedient hatte, war heute nicht mehr als ein unregelmäßig ausgeformter Krater, aus dem es lilafarben leuchtete. Als Kassandras Komet vor 111 Jahren eingeschlagen war, hatte er die halbe

Stadt zerstört, aber neben 200.000 Toten auch eine neue Chance verheißen: das Aethericum und damit das Überleben Seattles. Nach dem Einschlag hatte es keinerlei Hilfe von den Dynastien gegeben, da diese der Erde schon Jahrhunderte zuvor den Rücken gekehrt hatten. Sie interessierten sich nicht mehr für die vollkommen verschmutzte und dahinsiechende Heimat des Homo sapiens, sondern lediglich für die Wunder ferner Exoplaneten.

Mit den Dynastien war auch die Hoffnung fortgegangen und ruhte nun zwischen den Sternen –, die man von hier unten treffenderweise nicht mehr sehen konnte. Also hatten die Zurückgebliebenen ihre Zukunft selbst in die Hand genommen, wie sie es immer taten: Die Verletzten waren gestorben, Seuchen hatten sich ausgebreitet und weite Teile der Stadtbevölkerung dahingerafft, wie es der saure Regen und viele andere Katastrophen seit dem Exodus getan hatten. Aber Kassandras Komet hatte eben auch das Überleben gesichert, und zwar mit dem Aethericum, jenem seltsamen, leuchtenden Mineral, das den Dynastien überhaupt erst ermöglicht hatte, den *Link* herzustellen.

Nicht, dass der magisch anmutende Quantenstream, der quasi ohne Raumschiffe zur Kolonisierung der Sterne geführt hatte, in irgendeiner Form ein Entkommen von Soroush und seinesgleichen mit sich gebracht hätte. Nein, viel eher verlängerte er die Misere der Erder noch. Sie bauten das Mineral ab und verkauften es am Stadtrand an die Vertreter der Dynastien, die es dann auf ihre Roboterschiffe im Orbit brachten. Mit dem Geld und den Medikamenten, die sie dafür bekamen, überlebten sie etwas länger in ihrem menschenunwürdigen Dasein, wie Ratten, die gerade genug Futter erhielten, um nicht zu verhungern.

Aber immerhin blieben sie irgendwie am Leben. Im Unterschied zu den Aetherium-Vorkommen im künstlichen Asteroidengürtel sonderte das Mineral hier auf der Erde giftige Stoffe ab, die Dynastiemitgliedern noch schlimmer zusetzte als die toxische Atmosphäre des Planeten. Das hatte sie natürlich nicht davon abgehalten, riesige Roboterfahrzeuge in die Stadt zu schicken, doch das hatte damit geendet, dass die meisten Maschinen von der gesetzlosen Stadtbevölkerung zerstört worden waren. Also hatte man den Weg des geringsten (und kostensparendsten) Widerstands gewählt: Man ließ die Einheimischen mit Spitzhacken und Motorbohrern ran und sorgte dafür, dass das Zeug sicher verpackt an die Stadtgrenze geliefert wurde. Kein Aufwand für Arbeitsschutz, Maschinenwartung oder Personal im Allgemeinen.

Soroush musterte den Krater im Lake Washington mit seinen vielen rasch hochgezogenen Behausungen und Zäunen, die von den Gangs und Banden aufgestellt worden waren, um sich Claims zu sichern. Sie waren wie schmutzige dunkle Flecken im blauen Schimmer des Aethericums, eine Analogie auf das, was Menschen für diesen Planeten geworden waren: Krebsgeschwüre, unkontrolliert wachsend und entartend in jeder erdenklichen Art und Weise.

»Grübelst du schon wieder?«, fragte Peeps, seine Roboterkatze, die hinter ihm auf dem löchrigen Flachdach saß wie eine kleine Statue. Ihr künstliches Fell war rötlich und von schmutzigen Flecken durchsetzt, die Augen schimmerten grün.

»Ich genieße den Ausblick«, entgegnete er lakonisch.

»Genuss wäre, wenn du mein Fell waschen würdest.« Peeps klang pikiert, trotz des leicht blechernen Geräuschs, das ihre lange nicht mehr gewarteten subkutanen Lautsprecher von sich gaben. Es klang, als folgte jedem ihrer Worte ein heiseres Echo.

»Wenn du das nächste Mal über Waschmittel stolperst, erinnere mich daran.«

»Ich bin eine Katze, ich stolpere nicht.«

»Du bist eine Maschine und eine ziemlich schlecht programmierte noch dazu«, entgegnete er seufzend.

»Ich möchte widersprechen. Meine Software ist *State of the Art* und mein synthetischer Körper … nun, er braucht zumindest keine Wartung und meine Energiekonverter können so ziemlich alles in Kalorien zerlegen, um die Batterie aufzufüllen. Wenn ich also schlecht programmiert bin, dann hat euer Gott mit dir einen guten Witz gemacht.« Peeps legte den Kopf schief, als er den Kopf zu ihr herumdrehte und mit den Augen rollte.

»Du bist dreihundert Jahre alt und hast nicht einmal ein Bewusstsein«, seufzte er und musterte die Straße tief unter sich. Einige Halbstarke in Lederjacken waren auf Motorrädern angekommen und ihr tönendes Gelächter hallte durch die verlassenen Straßenschluchten. Normalerweise kamen nicht einmal Ganger hierher, wo es vor Teufelsnagern und Siechen nur so wimmelte. Vermutlich waren sie frisch rekrutiert, hatten ein paar Messer, vielleicht sogar eine Pistole erhalten und fühlten sich jetzt unbesiegbar. Er seufzte erneut.

»Ich bin intelligent und kann dir vorgaukeln, ich hätte eines, mitsamt Persönlichkeit und so«, gab Peeps zurück und begann mit den Pfoten zu treten und dabei zu schnurren. »Du könntest also gar keinen Unterschied zu einem echten Bewusstsein erkennen.«

»Wir haben Besuch bekommen.«

»Willst du sie ausschalten?«

Soroush überlegte, verlagerte sein Gewicht leicht auf das nach vorn gedrückte Knie und blickte auf die vier Ganger hinab, die gerade dabei waren, ihre leeren Bierflaschen gegen die gegenüberliegende Hauswand zu schleudern und sich jedes Mal lautstark zu feiern. Da es nur eine einzige funktionierende Laterne gab, waren ihre Schatten lang und imitierten ihre Bewegungen auf bizarre Art und Weise. Sein eigenes Motorrad stand gerade außerhalb des kreisförmigen Bereichs, den die Laterne ausleuchtete. Sie war eine Art Wunder von Renton, da der restliche Stadtteil keinerlei Strom mehr hatte. Die alten Fusionskraftwerke waren längst ausgelaufen und ganz Seattle zehrte nur noch von den tief in der Erde versenkten Nuklearsalzbatterien. Diese waren sehr ergiebig, nachdem die Dynastien sämtliche Produktionsstätten abgezogen hatten, und es kaum verbliebene Hightech gab, die hohen Energieverbrauch aufwies. Was heute noch angeschlossen war, waren einige Server des Metawebs, Wohnhäuser, eine Handvoll Untergrundfabriken und Kliniken und jede Menge Bordelle und Clubs. Wann immer Yakuza, Mafia oder die Wory der Meinung waren, dass ein bestimmter Stadtteil nicht großzügig genug bei den Schmiergeldzahlungen war, oder die Batterien in der Tiefe besser weniger Verbrauch haben sollten, nahmen sie ihn einfach vom Netz. Sie hatten die Ressourcen und das Personal, um die entsprechenden Stellen zu kennen, während die Gangs als der Bodensatz des Bodensatzes dort randalierten, wo man sie gewähren ließ.

»Ich denke nicht. Sie haben mein Bike noch nicht entdeckt.«

»Driggst die Pulle voll deng!«, grölte einer der Ganger unter ihm mit leierndem Citydialekt.

»Yo, drigg la boca, du cranke puta!«, antwortete der offenbar Angesprochene in aggressivem Tonfall und der andere hob abwehrend die Hände.

»Peace mal, Bro! Kein motivo, so zu dissen!«

»Yo, Bajo-Heads! Checkt mal el Maschina da!«, mischte sich ein Dritter ein und duckte leicht den Kopf. »GUAY, Koho!«

Soroush schloss resigniert die Augen. *Tut mir den Gefallen und geht nicht hin.* Noch bevor er den Gedanken zu Ende gebracht und die Augen wieder aufgeschlagen hatte, sah er, wie sich die vier jungen Kerle in Richtung seines Motorrads aufmachten. Sie plusterten sich auf wie Critter, Bewegungen, die sie vermutlich durch jahrelange Erfahrung in den schlechten Clubs ihres Viertels gesammelt hatten, um Schwächere einzuschüchtern.

»Oh, du wirst sie so was von umlegen«, befand Peeps und klang beinahe vergnügt. »Soll ich alles filmen?«

»Lass den Scheiß«, murrte er und richtete sich auf. Er trat an die Kante des Erkers heran, bis es vor ihm nichts mehr gab als den langen Weg in die Tiefe, wo der aufgesprungene, jahrhundertealte Asphalt wartete. Zumindest dort, wo er nicht von Müll, Schutt und Glasscherben bedeckt war.

»Viel Spaß«, gurrte die Katze geradezu frivol.

Er sollte ein neues Neuralupdate für sie besorgen. Aber das hatte er sich schon häufig geschworen. Mit verzogenen Mundwinkeln ging er in die Hocke und sprang. Die Luft rauschte an ihm vorbei wie ein Wasserfall aus Molekülen, laut und kühl und nach Schwefel stinkend, nach Abfall und all den guten Dingen, die die Atmosphäre verpesteten.

Mit einem Knie und nach unten gebogener Faust krachte er in den Asphalt, der unter seinen dreihundert Kilogramm Gewicht barst. Durch den Krach aufgescheucht fuhren die vier Ganger herum. Für Soroush geschah es wie in Zeitlupe. Sie waren Naturals, vielleicht ein paar Skinmutes, aber sonst nichts. Keine NeuraWires, kein Gliedmaßenersatz.

»Yo, Bajo!«, tönte einer der jungen Männer. Sie waren blass, die Haut ihrer Gesichter von Ekzemen überzogen, wie sie der Schwefeldunst der Stadt verursachte und die Haare dünn und an mehreren Stellen ausgefallen.

»Geht nach Hause, Jungs«, bat Soroush mit harter Stimme und knackte mit den Fingern seiner Carbinprothesen. Es klang mehr wie ein Klicken, doch vermutlich hatte es nicht die erhoffte Wirkung, weil diese Gestalten noch nie den Klang von augmentiertem Carbin vernommen hatten. »Is mein Bike.«

»Ne, ownen nouche jetzt!«, widersprach der Größte von ihnen, der etwa einen Kopf größer war als er. »Is property von den Renton Locos!«

»Renton Locos?«, fragte Soroush eher überrascht als amüsiert. Er wusste gar nicht, dass es in den toten Stadtteilen noch Gangs gab. Aber vermutlich würde es selbst bei einem Haufen Scheiße nicht lange dauern, bis irgendjemand in dieser verfluchten Stadt sein Fähnchen hineinsteckte. »Ach, vergesst es.« Er deutete auf ihre vier geparkten Motorräder, alte Elektromodelle, die wahrscheinlich bloß noch von Kaugummis und Panzertape zusammengehalten wurden. »Geht. Jetzt.«

»No, puta-bajo!«, schimpfte der Große und musterte ihn höhnisch. Die vier bildeten einen lockeren Halbkreis vor ihm. Soroush ging einen Schritt zurück, um direkt unter der Lampe zu stehen und seine Gegenüber zu blenden. Sie verstanden es nicht und hielten es offenbar für Angst.

»Et pronto her mit dem Clave, puta!«, schnarrte ein anderer, etwas kleiner und gedrungener als der Wortführer, möglicherweise sogar mit Synthmuskeln ausgestattet. Erbärmlich.

»Nein. Ich zähle bis drei, dann seid ihr auf die eine oder andere Weise nicht mehr hier.«

»War das nen jodido threat, puta-bajo?«

»Zwei.«

»Ango, sollten Nous non nochma meditare sobre?«, fragte ein anderer, der Soroush nicht aus den Augen gelassen hatte und erste Zeichen der Verunsicherung zeigte. Er war offenbar etwas heller im Kopf als die anderen, deren eher animalische Gesichter von Aggression verzerrt waren. Seine Hand langte nach dem Wortführer, der sie jedoch wegschlug.

»Ich drigg den hombre nach Kolka!«, raunte einer von den beiden, die außen standen. Seine Miene drückte nichts als hohle Freude über einen bevorstehenden Kampf aus, die Augen leer und dümmlich.

»Eins.«

Die Ganger, noch etwa zwei Schritte entfernt, lachten höhnisch, aber sie gingen nicht. Soroush ballte die Fäuste und aktivierte sein NeuraWire. Winzige Nanofäden zündeten entlang seiner Wirbelsäule und steuerten die künstlichen Gliedmaßen aus Carbin mit einer Nervenleitgeschwindigkeit, die jede Errungenschaft der Evolution lächerlich wirken ließ. Seine Finger klappten auf und wurden zu scharfen Klingen, als er einen Satz nach vorne machte. Die Halbstarken bewegten sich wie in Zeitlupe für ihn, unaugmentiert und lahm. Als er die linken beiden mit raschen Bewegungen aufgeschlitzt hatte, starrten sie noch immer auf die Stelle, wo er eben gestanden hatte. Die anderen beiden erwischte er durch eine flinke Drehung, die er dazu nutzte, ihnen die Kniesehnen zu durchtrennen. Ihre Halsschlagadern traf er, noch bevor sie zu Boden gegangen waren.

»Abstoßend«, kommentierte Peeps und es klang für ihn, als spräche sie durch tiefes Wasser zu ihm, langgezogen und verzerrt. Sein Kopf zuckte zur Seite und er sah sie mit ausgefahrenen Krallen die fensterlose Fassade des ehemaligen Stundenhotels hinunterklettern. Seine Ohren hörten jedes noch so leise Kratzen ihrer Krallen im Gestein.

»Montag«, entgegnete er seufzend, als das NeuraWire sich abschaltete und die Welt in ihre normale Geschwindigkeit zurückfuhr, als hätte er in die Zeit selbst hineingezoomt. Wie jedes Mal fühlte es sich wie ein Verlust an, und doch musste es sein, denn er hatte viele Augmentierte gesehen, die abhängig geworden waren von diesem intensiven Gefühl der Überlegenheit. Ihre Gehirne waren schneller durchgebrannt als Silvesterraketen. Peeps kam herbei und strich um seine Beine.

»Lass das.«

»Was denn?«, gurrte die Roboterkatze genüsslich. »Ein paar kaum erwachsene Ganger erledigt. Wow.«

»Sie wollten es nicht gut sein lassen.« Es klang wie eine Rechtfertigung. Er hasste diese Katze.

»Scheiß drauf.« Peeps sprang über die Leichen hinweg und stolzierte in Richtung Dunkelheit, wo sein Motorrad stand.

»Kann man in dieser verfluchten Stadt nie seine Ruhe haben?«, brummte er und folgte ihr. Über seinen Smartlink startete er die Brennstoffzelle, und die Lichter der Maschine gingen an.

»Immerhin gibt es seit etwa vierhundert Jahren keine Polizei mehr, die dir Scherereien machen könnte. Sieh' es positiv. Außerdem können die Typen froh sein, dass dieser Teil der Hölle für sie vorbei ist.«

»Tolle Aufmunterungsrede dafür, dass ich gerade eine Menge Energie verbraucht habe für so einen Blödsinn.« Soroush stieg auf den Sitz des Bikes und legte den Gang ein, als sein Kommlink fiepte. Er runzelte die Stirn und fummelte das altmodische Headset aus seiner Jackentasche, um sich das weiche Stück ins Ohr zu stopfen. »Hallo?«

Es begann zu regnen, und er unterdrückte einen Fluch, bevor er sich die Kapuze seiner beschichteten Jacke tief ins Gesicht zog. Peeps legte sich auf die Tankattrappe und senkte missmutig den Kopf.

»Guten Tag, spreche ich mit dem Crawler namens *Soro*?«, fragte eine weibliche Stimme. Sie klang attraktiv und kühl zugleich. Die Verbindung war von statischem Rauschen durchsetzt, das sich mit dem des sauren Regens vermischte.

»Wer spricht da?«

»Mein Name ist Cheileen Marquandt, ich bin die persönliche Assistentin von ...«

»Marquandt?«, fragte Soroush unvermittelt und seine Stirn legte sich in so tiefe Falten, dass er jede davon spüren konnte, als hätte ihn jemand geschnitten. Dieser Name war auf der Erde mit dem alter Götter gleichzusetzen, handelte es sich bei der Marquandt-Dynastie doch um das letzte verbliebene Geschlecht des Planeten. Die riesigen Familienimperien, die von ihren Oberhäuptern gesteuert wurden, waren vor rund einem Jahrtausend aus den alles dominierenden Megakonzernen hervorgegangen, als die aufgrund der fortschreitenden Technisierung und schrumpfenden Bevölkerung ihre Geschäftsgrundlage verloren hatten: eine wachsende Käuferschicht. Nun handelte es sich bei ihnen um gewaltige Umverteilungsmaschinerien, in denen Mitglieder gerade das bekamen, was sie brauchten. Nicht so viel, dass sie sich verselbstständigten oder gar den Schoß der Familie verließen, aber genug, um ein gutes Leben zu führen und im besten Fall mitleidig auf die Erder herabblicken zu können.

»Das ist korrekt. Wir benötigen Ihre Dienste. Treffen Sie mich in zwei Stunden an Ihrem üblichen Treffpunkt. Fragen Sie nach Cheileen«, fuhr die Frau fort, und ehe er etwas erwidern konnte, wurde ihre Stimme von einem monotonen Piepen abgelöst.

Misstrauisch blickte er in den Himmel, wo sich die Habitate der Dynastie über den Wolken ausbreiteten, wie man sagte. Er bereute es sofort, denn sein Gesicht brannte unter jedem auftreffenden Regentropfen. Fluchend zog er die kleine Sprühdose aus seiner Jackentasche und sprühte sich die billige Kunsthaut über Mund, Nase, Augen und Wangen.

»*An Ihrem üblichen Treffpunkt*«, wiederholte Peeps und wandte den flauschigen Kopf nach ihm um. Sein Fell war nass und hing in schmutzigen Flocken von seinem titanverstärkten Körper. »Die sind wirklich schamlos.«

»Wenn eine Dynastie jemanden anheuert, prüft sie vorher ganz genau, wie sie ihre Ressourcen ausgibt.«

»Du meinst, dass sie dir vorher hinterherspionieren und alles über dich herausfinden, um dich mit einem Fingerschnippen zu töten, solltest du es wagen, eine andere Antwort als die einzig korrekte zu geben.«

»Ja.« Soroush ärgerte sich, dass irgendwelche Unsterblichen ihm tagelang gefolgt sein könnten, ohne dass er es gemerkt hatte. Klar, er und all die anderen Crawler, die für Geld und Medikamente so ziemlich alles taten, was Auftraggeber von ihnen verlangten, waren mit den besten Objekten ausgerüstet, die man einem sterblichen Körper einbauen konnte. Das bedeutete aber immer noch, dass sämtliche Komponenten vor einigen hundert Jahren hergestellt worden waren. Das Schicksal allein wusste, über welche technologischen Wunder die Dynastien da oben zwischen den Sternen verfügten. Möglicherweise gab es ein Netz aus unsichtbaren Drohnen, das überall in der Stadt operierte, das hielt er durchaus für denkbar. Allerdings konnte es auch sein, dass es sich um Dinge handelte, die er nicht einmal verstehen konnte, wenn man es ihm erklärte. Immerhin war Seattle – so wie der Rest der Erde – so etwas wie ein unfreiwilliges Freilichtmuseum aus der fernen Vergangenheit, in dem man mitansehen konnte, wie barbarisch Menschen einmal gewesen waren.

»Was machen wir jetzt?«, wollte Peeps wissen.

Soroush legte die Hände auf die Griffe seiner BMW BS7 und biss die Zähne zusammen. »Wir fahren zu *meinem üblichen Treffpunkt* und hören uns an, was diese Marquandt zu sagen hat.«

»Du glaubst wirklich, dass sie selbst herkommt?«

»Natürlich nicht.«

»Vielleicht ein Echtzeit-Stream in einen Synth oder so?«

»Möglich. Wer kann schon sagen, was sie aus dem Hut zaubern. Normalerweise bekomme ich bloß Drohnen, die mir den Auftrag geben und dann welche, die mir die Bezahlung bringen«, antwortete er, wendete die Maschine und beschleunigte in Richtung Süden. Er arbeitete jetzt schon über zehn Jahre als Crawler, hatte viele Dinge erlebt, von denen er so gut wie alle gerne vergessen oder zumindest verdrängt hätte. Was er jedoch noch nie erfahren hatte, war, dass er direkt kontaktiert wurde und dann auch noch von einem Dynastiemitglied. Es bestand natürlich die Möglichkeit, dass er mit einer KI gesprochen hatte, oder dass man ihn reinlegte, aber so oder so war etwas zum ersten Mal anders als sonst und das beunruhigte ihn. Als Crawler lebte man immer gefährlich, legte sich mit allen und jedem an, stahl, tötete, kidnappte. Trotzdem gab es ein Überlebensgesetz, das sie alle miteinander teilten: Die Abläufe geschahen nach einem gewissen Muster, und jede Abweichung vom Muster bedeutete Ärger.

Auf Soroush wartete Ärger und doch gab es keine Alternative, als sich ihm zu stellen. Ein weiterer Scheißtag in einer Scheißwelt eben.

Kapitel 2

Charlie

Aetherium, südlich von Star City

Die Ausgrabungsstätte lag zehn Kilometer nördlich von Star City. Die Hauptstadt des Planeten Aetherium, dieser Ort mit dem wohl kitschigsten Namen des Universums, leuchtete am Horizont wie eine Glühbirne, die von den zerklüfteten Hängen des Never-Gebirges verdeckt wurde. Sie sahen aus wie ausgeschnittene Pappkulissen in der Dunkelheit, surreal und viel weiter entfernt, als sie tatsächlich waren. Mit über einhunderttausend Mitgliedern der zehn Dynastien, die Star City unter sich aufgeteilt hatten, war sie eine sehr große Stadt der dritten Expansionswelle. Die Lichtverschmutzung, die von ihr ausging, war enorm, und doch funkelte der Nachthimmel über Aetherium wie Alabaster – abgesehen von dem *Schatten* natürlich. Von der Ausgrabungsstätte aus konnte man ihn gerade so mit einer ausgestreckten Hand verdecken, diesen pechschwarzen Teil des Firmaments, den sich niemand erklären konnte. Von astronomischen Beobachtungen wussten sie, dass es sich dabei nicht um ein leeres Areal der Galaxie handeln konnte, wie beispielsweise Bootes Void, dem tiefen Nichts inmitten des Weltalls, das bis heute nicht erklärt werden konnte. Nein, hinter dem *Schatten* gab es Sterne, den Rest der Milchstraße – man konnte sie bloß nicht sehen. Also musste das Phänomen lokal begrenzt oder zweidimensional sein. Beides war höchst ungewöhnlich, weil der Wissenschaft bis heute nichts bekannt war, das so etwas auslösen könnte. Zuerst hatte man an künstliche Strukturen gedacht, weitere Hinterlassenschaften der ausgestorbenen Aether, doch der

Schatten reflektierte kein Licht, sondern verschluckte es. Es war, als fehle ein Teil der Sterne, ausgeschnitten mit einer Schere und dann fortgeworfen.

Charlie wusste, dass es etwas mit dem Ende der Aether zu tun haben musste, dieser unfassbar mächtigen Rasse von Aliens, die diesen Planeten einst ihre Heimat genannt hatten.

»Doc?«, fragte einer seiner Studenten, der aus dem Schacht geklettert kam. Sein Gesicht war verschwitzt und staubig und seine unbedeckten Unterarme glänzten im Licht der schwebenden Baustrahler, die ein freigelegtes Areal von der Größe eines Tennisplatzes erleuchteten.

»Ja, Dan?«, fragte Charlie und blickte wieder in den Nachthimmel hinauf. Zwischen den Sternen funkelten die grünen Punkte des Mahlstroms, einer Ansammlung von über zweitausend Biomaschinen, die sich wie ein Ring um Aetherium drehten und dem Subraum Energie entzogen. Wie genau diese Artefakte das taten, war selbst den besten Algorithmen der Hegemonie bis heute ein Rätsel, obwohl sie seit über einhundertfünfzig Jahren zahlreiche Observatorien und Orbitalstationen gebaut hatten, um diese Wunderwerke zu untersuchen. Sicher war man sich lediglich darüber, dass der Mahlstrom Grund dafür war, dass Aetherium noch heute über eine Unmenge an Energie verfügte. Die ersten Kolonisten hatten nicht verstanden, wo sie überhaupt zu finden war, bis man die wandernden Bäume wissenschaftlich seziert hatte. Die gigantischen Gewächse mit ihren hausdicken Stämmen und den über zweihundert Metern Höhe, krochen mit wenigen Zentimetern pro Tag über die Oberfläche von Aetherium und besaßen leuchtend blaue Blätter, die jede Nacht zu einem wunderschönen Schauspiel machten. Die blaue Färbung wurde von einem Bakterium namens Schofield C-33 verursacht, das offenbar seine Energie vom Mahlstrom bezog, da es immer dann Stoffwechselschübe erhielt, wenn die Energiespitzen im Orbit auftraten. Wie das funktionierte? Niemand konnte das sagen, und selbst die kursierenden Spekulationen waren mehr als dürftig.

»Doc?«, wiederholte Dan und etwas in seiner Stimme verriet Charlie, dass er es nicht zum ersten Mal tat.

»Ja, entschuldige.« Er schüttelte die Gedanken von sich ab und wandte sich seinem Studenten zu. »Was kann ich für dich tun?«

»Wir haben das dritte Fossil freigelegt. Es ist gut erhalten, genau wie Sie gesagt haben.«

»Sehr gute Arbeit! Ich komme sofort runter.«

»Da ist noch etwas, Doc.«

»Sag doch *Charlie*, bitte.« Er seufzte und sah dem jungen Mann dabei zu, wie er die anachronistische Leiter hinunterkletterte. Er war ein Reallifer, mit Symbionten ausgestattet, also trotz seines jugendlichen Aussehens vermutlich um die siebzig oder achtzig Jahre alt und damit ein wahrer Jungspund hier auf Aetherium inmitten all der Unsterblichen, die nicht hier geboren worden waren. Die meisten von ihnen hatten sich von der Erde aus in ihre von Robotern großgezogenen Klone gestreamt, perfekte Kopien ihrer Körper auf der anderen Seite. Seine Studenten waren Überzeugungstäter, echte Enthusiasten, wenn es um das Freilegen der Geheimnisse jener ging, die einst diesen Planeten beherrscht hatten. Da es kaum Mittel von den Dynastien gab, außer vielleicht hier und da Gerätschaften und Massekonverter, die einige niederrangige Familienmitglieder aus einem mystischen Interesse zur Verfügung stellten. Darum hatten sie auch keine AntiGrav-Anzüge und nur zwei FineBots hier außerhalb der Reichweite von Star City mit ihren gewachsenen Wohntürmen, die so bizarr und gleichzeitig elegant-geheimnisvoll aussahen wie dieser ganze Planet. Dort genoss man lieber den Überfluss in wochenlangen Partys, Safaris zur Südseite oder den sprechenden Ozeanen. Wozu nach den Aether forschen, wenn sie eben fort waren und man mit ihren Hinterlassenschaften spielen konnte?

Mit einem letzten Blick auf den Schatten, der drohend über ihnen hing, ging er auf die obersten Leitersprossen zu und begann den Abstieg in die Tiefe. Das Loch hatten sie mit einem Desintegrator geschaffen und so sah man keinerlei Bohrspuren, sondern lediglich die glatten Wände des Gesteins unter dem feuchten Erdreich. Nach etwa dreißig Metern erreichte er die Kaverne, einen beeindruckenden Freiraum unter den Wurzeln eines wandernden Baums, der von Norden her wie eine eifersüchtig greifende Hand durch den Fels reichte. Dort, wo sie das Holz freigelegt hatten, das weitaus fester war als Grafit, leuchtete es bläulich. Winzige Äderchen pulsierten in einer immergleichen Frequenz, die sowohl etwas Unheimliches, als auch etwas Beruhigendes an sich hatte.

Seine vier Studenten Lizzy, Oswald, Peter und Dan standen um eines der drei Fossilien herum. Über ihnen schwebte eine leuchtende Photosphäre und spendete eine Imitation irdischen Tageslichts.

»Irgendwelche Besonderheiten?«, fragte Charlie beim Näherkommen und rieb sich erwartungsvoll die Hände.

»Das könnte man wohl sagen«, raunte Lizzy. Sie war eine kräftige Realliferin mit roten Haaren und trug einen modischen Einteiler, wie ihn die Stadtbevölkerung bevorzugte. Die Ärmel waren eng geschnitten, die Hosen aus Membransilikat, das sich wie seidiges Geschmeide um ihre Beine wand und gleichzeitig hauteng war.

»So?«, murmelte er mehr zu sich selbst und machte eine ziehende Geste, woraufhin sich die Photosphäre etwas absenkte. Er ging in die Knie und musterte die Überbleibsel des dritten Aliens, das sie freigelegt hatten. Wie immer erinnerte ihn der Anblick des eingerollten Aethers an einen krumm laufenden Vogel. Die beiden Beine waren an zwei Gelenken nach hinten durchgebogen, der Rumpf relativ lang und schmal und die Flügel spitz zulaufend über den Rücken gelegt. Der Schädel war ebenfalls konisch und überproportional groß, besaß jedoch keine spitzen Zähne, weshalb Forscher wie er selbst schon lange davon ausgingen, dass es sich bei den Aether um Pflanzenfresser gehandelt haben musste. Einige seiner Kollegen gingen sogar so weit, zu vermuten, dass sie den Energieverbrauch ihrer Körper ähnlich der Flora von Aetherium direkt aus dem Subraum gezogen hatten. Selbstverständlich klang das absolut verrückt, selbst für die fantasievollsten Physiker. Andererseits schien es auf unerklärliche Art und Weise bei den wandernden Bäumen zu funktionieren. War es also möglich, dass die Aether sich im Laufe ihrer Evolution von Pflanzenfressern so weiterentwickelt hatten, dass sie das Gesetz der Umwandlung von Masse in Energie in Lebewesen einfach hatten hinter sich lassen können? Charlie war überzeugt, dass sie genau das getan hatten. Die Frage war nur: wie? Wie hatten sie das angestellt und ihre organischen, erdgebundenen Körper mit den unsteten Energien des Subraums – oder Hyperraums, wie er in der Hegemonie häufig fälschlich genannt wurde – zu verbinden? Das war in etwa so, als würde Feuer damit beginnen, seine Energie aus Wasser statt Luft und Brennmaterial zu beziehen. Wenn sie es nur schaffen könnten, ein mumifiziertes Exemplar zu finden, das nicht bloß aus steingewordenen Knochen bestand. Dann konnte schon ein Blick auf den Verdauungstrakt genügen, um die Antwort zu liefern. Hatte der sich zurückentwickelt? Die Aether hatten offensichtlich in einer Symbiose mit der Natur gelebt, denn die röhrenartigen Ausstülpungen in ihren Knochen glichen jenen der Bäume auf frappierende Art und Weise in ihrer Struktur und Beschaffenheit.

»Was halten Sie davon?«, hakte Lizzy nach.

Konzentrier dich endlich, ermahnte sich Charlie und betrachtete das freigelegte Fossil genauer. Im unteren Bereich des nach oben zeigenden Brustpanzers des Aethers fand er mehrere Löcher, deren Ränder ausgefranst waren.

»Sieht aus wie ein Trauma«, murmelte er fasziniert und zoomte mit seinen Augen näher heran. Sein NanoWiz, ein Schwarm von Milliarden winziger Roboter, die wie ein unruhiger Ozean in seinem Gehirn umherschwappten und auf seinen Neuronen ritten, markierte die Ränder und listete ihm in seinem Sichtfeld eine Menge Daten auf: Tiefe der Risse, Durchmesser der Löcher, Alter der Knochensubstanz, Iridiumkonzentration …

»Ein Unfall?«, wollte Oswald wissen. Er hatte seine breiten Hände über dem Kopf gefaltet und hockte direkt neben ihm wie ein antiker Denker.

»Hm, ich weiß es nicht«, gab Charlie freimütig zu und betrachtete die Simulation der Brustplatte, die sein NanoWiz produziert hatte. Die Größe der Löcher kam ihm merkwürdig vor, so als hätte sie etwas zu bedeuten, das er verstehen müsste. »Kein stumpfes Trauma jedenfalls.«

»Etwas Spitzes also. Vielleicht herabfallendes Gestein?«

»Sei nicht dämlich«, fuhr Lizzy ihren Kommilitonen an. »Wenn irgendetwas ein stumpfes Trauma verursacht, dann ein Stein, und ich gehe nicht davon aus, dass die Decke hier Messer hergestellt hat.«

»Ich denke halt nur laut«, rechtfertigte sich Oswald.

»Hör lieber damit auf, falls es ansteckend ist.«

»Warum bist du immer so verdammt …?«

»Hört auf!«, ging Charlie dazwischen, ohne den Blick von dem Fossil abzuwenden. Den bisherigen Erkenntnissen entsprechend waren die Aether vor mehreren tausend Jahren ausgestorben – kosmisch gesehen gestern. Er ärgerte sich jeden Tag darüber, ihnen nicht begegnet zu sein. Die Situation war in etwa damit vergleichbar, einen altmodischen Zug zu erreichen, dessen Türen sich gerade dann schlossen, wenn man einsteigen wollte. Weshalb auch immer sie ausgestorben waren, es musste relativ schnell geschehen sein, innerhalb einiger Jahrzehnte, da die gefundenen Fossilien kaum Unterschiede in ihrem Alter aufwiesen. Doch was konnte eine so hochentwickelte Spezies restlos auslöschen? Eine Spezies, die Maschinen aus organischen Komponenten gebaut hatte, die sie irgendwie in den Orbit geschafft hatte, wo sie den Subraum anzapften? Eine Spezies, die scheinbar nie ein Hochspannungsexperiment durchgeführt, geschweige denn ein Telefon oder auch nur Telegrafen entwickelt hatte. Eine Spezies, die keinerlei Schrift oder Bild hinterlassen, also offenbar telepathisch kommuniziert hatte. Eine Spezies, die – soweit man das heute noch sagen konnte – nie Krieg geführt hatte oder gar in unterschiedliche Fraktionen aufgesplittert gewesen war.

Krieg, dachte er und runzelte die Stirn. Mit einem Gedanken wies er sein NanoWiz an, ihm die Krallenhand eines Aethers in Originalgröße ins Blickfeld einzublenden. Ohne merklichen Zeitverlust schwebte nun eine frappierend echte Hand mit drei langen, gebogenen Klauen vor seinen Augen und drehte sich im Kreis wie das Exponat eines Museums. Er teilte seine Sicht mit den anderen und konzentrierte sich auf die drei Löcher in der Brustplatte des freigelegten Aether-Fossils. Dann lenkte er die simulierte Krallenhand ab, bis sich die Klauen direkt in die Löcher schoben – bis zu ihrer breitesten Stelle. Sie passten exakt.

»Heiliger Exodus«, japste Dan schockiert.

»Ein anderer Engel hat diesen hier umgebracht?«, fragte Oswald.

»Dieses Wort benutzen wir hier nicht. Wir sind Wissenschaftler«, ermahnte Charlie ihn eher automatisch als wirklich missbilligend und fuhr sich mit der Zunge über seine Zähne. »Es scheint so, als hätten tatsächlich die Klauen eines Aether diese Löcher geschlagen.«

»Ein Mord?« Dan schnappte hörbar nach Luft. »Das ist … Doc, das ist eine *Sensation!*«

»Nein, das ist ein vorschneller Schluss«, korrigierte Lizzy ihn genervt, kniete sich hin und deutete mit ausgestrecktem Zeigefinger auf den Arm des Fossils, das aufrecht stehend über drei Meter groß und etwa ebenso lang gewesen wäre, mit einer Flügelspannweite von sechs Metern. Der Arm, der in einer winzigen Hand mit drei Klauen endete, war eng an den Brustbereich angelehnt und passte zu der Fötushaltung, in der das steingewordene Alien lag. »Diese Klauen hier sind genauso mögliche Tatwerkzeuge wie die eines anderen Engels. Aethers, Entschuldigung«, sagte sie in Richtung Charlie, ohne besonders reumütig zu klingen.

»Selbstmord?« Dan schnaubte verächtlich. »Ich bitte dich.«

»Oder noch besser: Er ist leider ganz dumm auf seine Klauen gefallen, dieser Tollpatsch, und dann haben die halt seine Brustplatte durchbohrt und ihn gekillt«, fügte Oswald hinzu.

»Ja, Aether sind bekannt für ihre fehlende Geschicklichkeit. Ein Missgeschick nach dem anderen.«

»Macht es euch Spaß, euch wie Kleinkinder aufzuführen?«, keifte Lizzy. »Wundert mich allerdings, wenn ihr nicht einmal die Grundsätze wissenschaftlichen Vorgehens beherrscht. Wie habt ihr es überhaupt hierher geschafft?«

»Indem sie von ihren Familien abgeschoben wurden und keine Eternals bekommen haben?«, meldete sich Peter zum ersten Mal zu Wort. »So wie wir alle?«

»Ich wäre auch mit einem unsterblichen Körper hergekommen«, erwiderte sie pikiert.

»Na klar.«

»Ich meine es ernst! Wir haben den ersten wirklich interessanten Planeten der Milchstraße entdeckt, die ersten Zeichen echter Intelligenz, die unserer so weit überlegen gewesen sein muss, dass wir sie auch nach Jahrhunderten der Forschung nicht begreifen. Aber unsere Dynastien haben nichts Besseres zu tun, als Dekaden lang Partys zu feiern und sich selbst zu genügen. Kein Forschertum, kein Pioniergeist, kein Leben!«

»Das sagst du nur, weil man dir keinen Eternal gegeben hat.« Dan winkte ab.

»Wissen Sie, was mich immer am meisten verwundert hat bei unserer Gesellschaftsordnung?«, warf Charlie ein und krabbelte zum nächsten Fossil, das zwei Schritte entfernt war. Seine Knie und Unterarme wurden dabei schmutzig, aber er bemerkte es nicht einmal. »Dass selbst wir Reallifer im Vergleich zu unseren frühen Vorfahren uralt sind und doch so sehr Weisheit vermissen lassen. Man könnte ja meinen, dass Lebensdauer mit Lebenserfahrung einhergeht, aber offenbar verstärkt es bloß kindisch-hedonistische Tendenzen. Was wir hier tun, wirkt über uns hinaus, und wenn euch das nicht fasziniert und ihr nur eure Zeit totschlagen wollt, solltet ihr euch besser einen anderen Zeitvertreib suchen, vielleicht irgendwas in der VR.«

Die Studenten schwiegen daraufhin, auch wenn er sicher war, dass sie sich über ihm böse Blicke zuwarfen. Was früher vom Alter her Senioren gewesen wären, waren heute nichts als verzogene Kinder aus absurd reichen Familien. Dieses Problem würde sich über kurz oder lang erübrigen, da es kaum noch natürlich gezeugte Kinder gab und Klonkörper kaum zu bekommen waren. Eine künstlich erhaltene Oberschicht, die sich nicht gerne den Rang streitig machen ließ, sorgte dafür. Ausnahmen gab es natürlich immer, wie die Naturals, die auf der Südhalbkugel siedelten und so etwas wie einen feuchten Hippietraum lebten. *Auf den Spuren der Engel* nannten sie es, aber im Grunde genommen war es bloß der Versuch einiger desillusionierter Unsterblicher aus den Dynastien, ihrem Gefängnis aus Überdruss und Langeweile zu entgehen. Zumindest war das seine Meinung.

Frustriert seufzte er. Die Krallen des Fossils vor ihm fehlten nach wie vor, aber sie steckten auch nicht in den drei Löchern des getöteten Aethers. Er winkte den FineBot heran, eine kugelförmige Drohne von der Größe eines Medizinballs und gab ihr per Verschränkung einige Anweisungen. Daraufhin zerfloss die untere Hälfte der Maschine und verwandelte sich in mehrere Werkzeuge, die aussahen wie Chirurgenbesteck. Der FineBot schwebte nach unten und ein leises Surren war zu hören, als er damit begann, die Ränder des Fossils abzusaugen. Auf der anderen Seite des Saugers flogen winzige Steinchen und Staub in einer dichten Fontäne davon, schneller und immer schneller.

»Stellt euch um die Ränder auf«, wies er seine Studenten an, und sie kamen um ihn herum geschlurft wie Teenager beim Nachsitzen. Zumindest stellte Charlie es sich so vor. Schulen gab es bereits seit vielen Generationen nicht mehr. Spätestens mit der Einführung der NanoWiz war es vorbei mit dem Lernen. Brauchte man Informationen, zahlte man dafür und lud sie in die zerebralen Memorycluster. Das dauerte selbst für größte Datenpakete kaum länger als ein paar Sekunden statt vieler Jahre. Nicht wenige Reallifer verehrten deshalb die Unsterblichen der zehn Dynastien als Götter, immerhin waren sie im Rahmen der Möglichkeiten tatsächlich so gut wie allwissend und besaßen jede Fähigkeit, die jemals gemeistert worden war.

»Was haben Sie vor, Doc?«

»Ich habe da eine Theorie und will sie überprüfen«, antwortete er, während der FineBot in immer kürzeren Kreisen um das Fossil herumschoss und die Ränder mit Luft unterspülte. Es dauerte etwa zehn Minuten, dann hatte er eine kleine Mulde darunter freigelegt, in die Charlie sich hineinzwängen konnte. Seine Studenten wies er an, das Fossil festzuhalten, damit er nicht eingequetscht wurde. Einen Körperverlust würde man ihm nicht bezahlen, und er hatte keine Lust als VR-Entität zu enden. Also legte er sich auf den Rücken, winkelte die Beine an und schob sich mit den Füßen vorsichtig nach hinten. Der FineBot hatte eine schmale Rampe geschaffen, relativ glatt, aber immer noch steinig, sodass er jeden Kiesel in der Muskulatur beidseitig der Wirbelsäule spüren konnte. Um unter dem Rand des Fossils hindurchzugelangen, musste er den Kopf zur Seite drehen und schloss dabei instinktiv die Augen, um sich zu schützen. Die Luft wurde staubiger und trockener, und er bildete sich ein, dass es nach verbranntem Steak roch.

Noch einen Fuß weit und seine Schultern rutschten etwas tiefer, sodass er das Fossil jetzt von unten ansehen konnte. Es war sehr nah, aber sein NanoWiz hellte das Bild auf, setzte die unscharfen Teile zusammen und spielte ihm eine klare Aufnahme direkt in die Okzipitallappen. Die untere Hand des auf der Seite liegenden Aethers wies noch alle drei Klauen auf. Umständlich versuchte er, eine seiner Hände dicht am Körper zu sich zu ziehen, quetschte sie gerade so am Rand des Fossils vorbei und schürfte sich dabei die Haut auf. Dann umschloss er mit ihr nacheinander jede Klaue und führte mittels seiner Symbionten einen Feldscan durch. Bis auf die Atomebene registrierte er sämtliche Unebenheiten wie Risse, Verdickungen und Oberflächenstruktur, und sein NanoWiz stellte alles zu einem visuellen Gebilde zusammen.

»Na also, das ging ja schnell«, brummte er und musste husten, als er eine Ladung Staub einatmete. Seine Studenten schien das zu alarmieren, denn sie zogen ihn sofort unter dem Fossil hervor. »Geht schon, geht schon«, keuchte er und hustete noch einige Male, als das Licht der Photosphäre wieder auf ihn fiel.

»Was haben Sie denn da gemacht, Doc?«, wollte Dan wissen und beugte sich neugierig hinab.

»Ich zeige es Ihnen allen.« Charlie teilte seine Sicht und ließ die gescannten Klauen in die gescannten Löcher in der Brustplatte des anderen Aethers einsinken. Beide Gebilde wurden semitransparent und schwebten als Hologramme vor ihnen, die sich ineinander legten. Dann zoomte er ganz nah heran, um ihnen zu zeigen, was er meinte: Das Profil der Klauen mit ihrer einzigartigen Oberfläche passte exakt zu den Rändern der Löcher. »Wir haben hier tatsächlich eine Sensation vor uns. Dieser Aether hier«, er deutete auf denjenigen, den der FineBot, der jetzt wieder als Kugel über ihnen schwebte, unterhöhlt hatte, dann auf den vor ihnen mit den Löchern in der Brust, »hat diesen getötet.«

»Aber das ist unmöglich! Die Aether waren friedliebend, haben weder Waffen noch Werkzeuge entwickelt. Jede aggressive Spezies entwickelt jedoch Waffen, um sich im Kampf einen Vorteil zu verschaffen«, wandte Lizzy ein.

»Tiere tun das nicht.«

»Aber Aether sind keine Tiere!«

»Wir alle sind Tiere, und diese hier haben sich gegenseitig getötet. Wir dachten, es sei unmöglich, aber das ist es ab jetzt nicht mehr.« Charlie raufte sich die Haare und blies die Wangen auf. Er brauchte unbedingt einen Drink. Das hier änderte alles.

Kapitel 3

Soroush

Erde, Seattle

Seine Fahrt führte Soroush durch Allentown in Richtung Columbia City. Dieser Stadtteil zog sich wie ein Geschwür entlang des Lake Washington – oder besser gesagt des Kraters, der einmal der Lake Washington gewesen war. Die verbliebenen rund zehn Millionen Bewohner des einstigen Megaplexes waren berüchtigt für ihre Sturheit, und so war es auch bei ihrem heißgeliebten See gewesen, der von dem Meteoriten verdampft worden war und die lokale Bevölkerung halbiert hatte. Das Geschwür Columbia City bestand aus braungrauen Memoryplas-Behausungen, die nach der Katastrophe innerhalb weniger Wochen hochgezogen worden waren, um Schutz vor dem sauren Regen und den wöchentlichen Hurrikanes zu bieten. Sie waren hässlich wie Pestbeulen, in die man Luft gepumpt hatte und halb transparent, wodurch sich zu jederzeit erkennen ließ, was gerade darunter vor sich ging. So kam es auch, dass er beim Durchfahren der größtenteils leeren Straßen ringsherum Schemen erkennen konnte, die hinter dem Memoryplas ihren täglichen Verrichtungen nachgingen. Die meisten saßen oder lagen einfach nur da, vermutlich in schmutzige VR-Welten versunken, oder mit billigen Straßendrogen zugedröhnt. Andere prügelten sich oder wurden verprügelt. Es war immer das gleiche Bild, tagein tagaus, als wenn das einen Unterschied machen würde im ewigen Zwielicht, das die Erde gefangen hielt.

Je weiter Soroush in Richtung Norden fuhr, desto häufiger tauchten Autos und andere Motorräder auf. Die meisten von ihnen waren grob zusammengeschweißt, erinnerten an Dr. Frankensteins Experimente und zeugten von den Jahrhunderten ohne Ressourcennachschub. Die Stadt war ein halbwegs lebendiges, aber abgeschottetes Tech-Biotop, das in der Zeit stillstand und sich immer wieder selbst recyclen musste. Das konnte natürlich nicht endlos funktionieren, und so wurde das Leben Jahr für Jahr ein kleines Stück härter und entbehrungsreicher. Die Unterschiede waren winzig, und doch wusste er, dass sich die Zeit seiner Heimat dem Ende zuneigte. Ein kritischer Punkt schien näher zu rücken, an dem selbst ein sich ans Leben klammernder Hospizpatient den Tod nicht mehr warten lassen konnte. Die Zeichen umgaben ihn überall: In den dreißig Jahren, die er schon lebte – vermutlich einige Jahre über der durchschnittlichen Lebenserwartung – waren viele schlimme Dinge schlimmer geworden. Die Untergrundkliniken forderten immer höhere Beträge für die seit Ewigkeiten abgelaufenen Medikamente, die sie noch besaßen. Immer mehr auseinandergefallene Autos blockierten die Straßen. Sie hatten einfach den Geist aufgegeben und ließen sich nicht einmal von den Techies in Redmond noch reanimieren. Stromausfälle traten auf und ganze Stadtteile wie Renton wurden vom organisierten Verbrechen vom Strom genommen. Dieses organisierte Verbrechen war ein weiterer Indikator: Wory, Yakuza und Mafia zeigten sich immer brutaler und rücksichtsloser in ihrem Bemühen, so viele Ressourcen wie möglich zusammenzuraffen. Wo es früher einmal einen brüchigen Frieden zwischen ihnen gegeben hatte – schließlich war die Stadt in von ihnen kontrollierte Distrikte unterteilt – herrschte seit einiger Zeit offener Krieg. Verteilungskämpfe waren immer ein sicheres Zeichen dafür, das etwas Wichtiges knapp wurde, und im Fall von Seattle bedeutete das: Alles wurde knapp.

Soroush hatte von ein paar Mutantenschmugglern gehört,

dass der Tokio-Yokohama-Megaplex es irgendwie geschafft hatte, eine öffentliche Ordnung aufrecht zu erhalten und über Strom, sauberes Wasser und Medikamente verfügte. Sogar ein Verkehrsleitsystem gab es dort angeblich noch. Zumindest diesen Punkt hielt er jedoch für eine absolute Übertreibung.

Auf der Hauptstraße nach Madrona überholte er einige Trucks, aus deren Fenstern Dutzende Gewehrmündungen lugten, die jedoch nicht auf Ärger aus zu sein schienen. Große, mit Leuchtfarbe aufgemalte Yakuza-Schlangen auf den angeschweißten Stahlplatten wiesen jeden darauf hin, mit wem man es zu tun bekam, sollte man sich mit ihnen anlegen. Soroush tat es nicht, obwohl er sich gerne auf der Ladefläche umgeschaut hätte, und bog nach rechts ab in Richtung Kraterrand.

Madrona war ein Stadtteil, der durch den Einschlag von Kassandras Komet wortwörtlich halbiert worden war. Die Hälfte der Häuser war verdampft, wie man sich erzählte, vermutlich aber einfach zerstört worden. Anders als in den von hier aus südlicheren Teilen von Columbia City hatte die Druckwelle jedoch nicht sämtliche Gebäude abrasiert, sondern aus unverständlichen Gründen Gnade walten lassen. Deshalb standen hier noch immer die Betonhäuser aus der Zeit vor dem Exodus – praktische, aber hässliche Kuben mit kleinen Fenstern und dicker Isolierschicht. Sie waren in etwa so hoch wie die Flutmauern im Westen, die den Pazifik von ihnen fernhielten. Der Ozean mit seinem sauren Wasser, in dem nichts mehr schwamm außer Abfällen und irgendwelchen mutierten Viechern, von denen sich die Schmuggler erzählten, lag heute etwa fünfzig Meter höher als die Stadt. Diese Tatsache hatte Seattle auch den Beinamen *Badewanne Washington* eingebracht, da ein Großteil des Bundesstaates unter Wasser stand – abgesehen von der City. Zu wissen, dass er sich gerade umringt von giftigen Wassermassen befand, hatte Soroush schon öfter unruhig schlafen lassen, zumal es genügend Verrückte gab, denen er zutraute, einen oder mehrere Mauersegmente zu sprengen. Einfach nur um Chaos zu stiften oder der Stadt den Gnadenstoß zu versetzen. Ein beachtlicher Anteil der Bevölkerung würde vermutlich applaudierend untergehen. Aber Wunder gab es anscheinend immer wieder, und so war es in über drei Jahrhunderten nicht vorgekommen, dass jemand den Stecker gezogen hatte.

Das *Beatlejuice* lag direkt am Kraterrand, ein ehemaliges Lagerhaus aus Stahlblech, das von dickem Memoryplas überzogen war, das sich wie ein Kondom über das graue Metall spannte. Die nach Osten gerichtete Seite war wie von einer Axt abgetrennt worden, sodass sie nun offen stand und direkt mit dem Krater abschloss, an dem es einige Dutzend Meter in die Tiefe ging, wo die am wenigsten privilegierten Stadtbewohner für die Gangs schufteten und starben, die wiederum für das organisierte Verbrechen schufteten und starben – die heimlichen Herrscher dieses verwesenden Leichnams einer Stadt.

Vor dem Haupteingang an der Straße, die knapp dahinter abrupt in einer Abbruchkante endete, standen zwei RiotBots, ehemalige Polizeiroboter auf sechs kräftigen Beinen und einem Turm mit zwei Gatlings. Soroush fand, dass sie aussahen wie fette Spinnen. Natürlich funktionierten ihre Akkus schon sehr lange Zeit nicht mehr und ihre Panzerung war von Algen und Schimmel übersät. Aber die dicken Kabel, die aus den Wänden neben dem Eingang in ihren Türmen endeten, sorgten zusammen mit ihren Schwenkbewegungen dafür, dass niemand so recht ausprobieren wollte, ob sie tatsächlich genug Strom hatten, um ein Blutbad anzurichten. Also hielten Gäste und Anwohner die Füße still, was das *Beatlejuice* zum perfekten Ort für Crawler machte. Nirgendwo in der Stadt fand man mehr dieser Killer, Jäger, Schieber und TechWizards auf einem Haufen, wie hier. Sie alle waren Söldner, die meist vom organisierten Verbrechen und selten von Drohnen und Hologrammen, die von den Dynastien geschickt wurden, für die verschiedensten Aufträge angeheuert wurden. Die Bezahlung war gut, meist eine Menge Credits oder Hardware, damit sie sich ein paar Lebensjahre erkaufen konnten. Die Grundregel dabei lautete: je mehr Augmente, desto mehr Leben. Die Erde war ein äußerst feindseliger Ort für fleischliche Körper geworden. Der saure Regen zersetzte alles Organische – mit etwas Glück recht schnell, wenn man Pech hatte über lange, schmerzhafte Jahre. Hinzu kamen die Sandstürme von den Wüsten im mittleren Westen und Süden, die einem die Haut von den Knochen schmirgeln konnten. Was dann noch stand, ertrank vermutlich bei den nächsten Regenevents oder bei einem Tornado oder Hurrikan. Nicht zu vergessen natürlich die finsteren Nachbarn, die mindestens genauso tödlich waren. Seattle war bis an die Zähne bewaffnet und stufte sich nicht bloß in Arm und Reich, sondern auch in leicht- und schwerbewaffnet ab. Irgendwie schafften Menschen es immer, sich vor den Umwelteinflüssen zu schützen – obwohl das für die vielen Milliarden Todesopfer von Klimakatastrophe, Verteilungskriegen und Anarchie nach dem Exodus natürlich nicht galt. Heute lebte weit weniger als eine Milliarde Menschen auf der Erde, hatte Soroush einmal gehört. Aber diese Überlebenden waren zäh, rüsteten sich mit Augmenten aus, mutierten mit ein bisschen Glück zu etwas Anpassungsfähigerem. Der Flora und Fauna des Planeten war es jedoch deutlich schlechter ergangen. Die Regenwälder waren fort und auch das Plankton als größter Kohlenstoffspeicher und Sauerstofflieferant war nichts mehr als eine blasse Erinnerung. Das hatte dazu geführt, dass die Meere übersäuert waren und sämtliches Leben darin – soweit man das wusste – ausgestorben. An Land gab es noch ein paar

Tantaluswölfe zwischen den eingemauerten Städten, sagten sich die Schmuggler, doch ansonsten krabbelten nur noch die Teufelsnager und andere Critter in dem Müll der Megaplexe herum.

Manch einer würde wohl sagen, dass auch die Crawler dazugehörten.

Soroush stellte sein Bike auf dem kurzen Parkplatz ab, auf dem die Angestellten des *Beatlejuice* mit großkalibrigen Waffen patrouillierten und übermotivierte Ganger davon abhielten, etwas Dummes zu tun. Sie trugen ausladende Duster mit Beschichtung gegen den Regen und waren recht imposant. Peeps hüpfte auf seine Schulter und machte es sich gemütlich.

»Dann mal auf ins Getümmel«, gurrte sie blechern.

»Quatsch ja niemanden an, sonst bleibst du draußen, klar?«

»Hey, das eine Mal, das war … also der Typ hat wirklich wie ein Hund gerochen und da habe ich mich einfach … sagen wir … *erschrocken.*«

»Erschreckt.«

»Ernsthaft? Du willst mit einem Algorithmus über Grammatik streiten?«

»Deine Software ist älter als dieses Gebäude«, gab Soroush zu bedenken und ging an der langen Schlange vorbei, die sich aus lauter Regenschirmen zusammensetzte. Unter ihnen sah er hoffnungsvolle und aufgeregte Gesichter der städtischen Jugend. Vermutlich wollten sie alle einmal Crawler werden, in der Hoffnung auf eine Symbiontenbehandlung oder sogar einen Synth-Körper. Hätten sie gewusst, dass neunzig Prozent der Crawler von anderen Crawlern oder wütenden Mafiosi um die Ecke gebracht wurden und kaum länger als fünf Jahre durchhielten, hätten sie vermutlich das Weite gesucht. Wenn sie klug wären, aber das waren sie meistens nicht. Crawler hatten eine ganz eigene Folklore um sich gebaut, die sie heute umgab wie ein Nimbus aus Heldengeschichten. Sie selbst waren dafür verantwortlich, erhofften sie sich dadurch doch höhere Preise durchsetzen zu können und mehr Aufträge.

»Mitch, Riley«, begrüßte er den Türsteher und die Türsteherin, zwei *Orcs*, wie sie auf der Straße genannt wurden. Eigentlich waren sie Wostok-Mutanten, benannt nach ihrem Herkunftsort Wladiwostok, wo vor über fünfhundert Jahren Dimitri Schaparow offenbart hatte, dass er heimlich über zehntausend Freiwillige mit seiner umstrittenen Virage-1 infiziert hatte. Virage-1 war ein im Labor hergestelltes Virus, das in der Lage war, menschliches Erbgut gezielt umzuschreiben, inklusive phänotypischen Veränderungen. Schaparow war nur zehn Jahre später in Russland erschossen worden, nachdem Virage-1 zwanzig Prozent der Weltbevölkerung ausgerottet hatte. Eine unangenehme Nebenwirkung der zehntausend Behandelten, deren Nachfahren jetzt vor ihm standen und auf ihn herabschauten. Sie waren bestimmt drei Meter groß, und ihre Haut glich der von Elefanten – ledrig, aber grün, aufgrund ihres Chlorophylls. Vor fünf Jahrhunderten hatte es wohl noch wie eine gute Idee angemutet, sich von der Sonne ernähren zu können, heute war es hingegen ein schlechter Witz.

»Yo, Soro«, grunzte Riley. Dass sie eine Frau war, sah man bloß an den strähnigen langen Haaren, die ihr am Kopf klebten. Der saure Regen perlte wirkungslos von ihr ab. »Bist abba langge nich mehr hier gewesn!«

»Arbeit, Arbeit«, machte er und zuckte mit den Schultern. Peeps schnaubte empört.

»Ich bin auch noch da!«

»Hast dein Frettchen mitgebracht!«, stellte Riley fest und knuffte die Robokatze mit einer ihrer Pranken, wofür sie ihr schweres MG mit der anderen Hand über die Schulter legte. Einer der Gäste – ein junger Kerl mit rot blinkenden Haaren – schien das als Aufforderung misszuverstehen, dass er hineingehen konnte. Mitch auf der anderen Seite sah nicht einmal hin, sondern ließ bloß den Kolben seines MGs, das normalerweise auf Fahrzeuge montiert wurde, zur Seite rucken und zertrümmerte dem armen Teufel den Schädel. Blut spritzte auf Riley, aber sie lachte bloß dröhnend über Peeps Versuche, sie zu kratzen. »So ein süßes Dingsda!«

»Ich bin eine Scheißkatze, du Orc!«

»Sprechen kanns auch. Ha, Mitsch, höa dir dassma an!«

»Riley, ich habe einen Termin, lässt du mich rein?«

»Naklarlich, Kumpl«, versicherte sie ihm und schob sich den Geldschein, den er ihr hinhielt, erstaunlich unauffällig in die Jackentasche. Dann machte sie einen Schritt zur Seite und zwinkerte ihm zu. Die Geste sah grotesk aus in diesem grobschlächtigen Gesicht mit der breiten Nase und dem Mund mit zu großen Zähnen. Angeblich konnten Wostok-Mutanten alles kauen und sogar verdauen, was organischen Ursprungs war. Ein Blick auf ihr Gebiss verriet sofort, dass das vermutlich der Wahrheit entsprach.

»Danke«, nuschelte er und huschte zwischen den beiden Orcs und den RiotBots hindurch in den Eingang. In dem schmalen Tunnel dröhnte die Musik von drinnen bereits laut genug, dass der Bass einen Widerhall in seinen Knochen fand. Die treibenden Beats des Neotechno rauschten wie eine Tsunamiwelle über ihm zusammen, als er die zweite Tür hinter sich brachte. Das *Beatlejuice* bestand aus vier Etagen: dem eigentlichen Club in den ersten drei und einer Empore, die einmal der dritte Stock gewesen war, direkt unter dem Dach. Dort befanden sich der VIP-Bereich und Marta, und dort wurden die Deals gemacht. Abhörsicher, zivilisiert und durch elektronische Sicherheitsmaßnahmen geschützt. Unten dagegen feierten die Tagesgäste und ließen sich mit billigem Schnaps zulaufen, von dem es irgendwie immer wieder mehr in die Stadt schaffte.

»Sie findet dich«, sendete Peeps über Funk direkt in Soroushs implantiertes Comlink.

»Wer?«

»Na die Dynastie-Tante! Marquandt!«

»Cheileen Marquandt, ja.« Soroush sah über die Tanzfläche, die sich von der langen Bar links bis zum Kraterrand erstreckte, wo das Gebäude zerbrochen und in die Tiefe gestürzt war. Natürlich gab es kein Geländer und keine Sicherung, und wann immer jemand in den Tod stürzte, ging eine Woge des Gelächters durch die knapp zwei- oder dreihundert Besucher. Er hasste diesen Ort, und er hasste Seattle und diesen verfluchten Planeten.

Der Netiquette entsprechend ging er zur Bar und ignorierte die wogende Menge aus Leibern, die tanzten, als gäbe es kein Morgen – was für einige sicherlich der Wahrheit entsprach. Ihre Choreographie aus Schweiß, Rhythmus und Drogen widerte ihn an, da sie ihn an seine eigene Zeit als hoffnungsloser Jugendlicher erinnerte. Heute war er immerhin ein hoffnungsloser Erwachsener.

Zwischen einem düster dreinblickenden Kerl in schwarzem Mantel und breitkrempigen Hut und einer leichtbekleideten Frau mit roten Haaren, die garantiert mal ein Mann gewesen war, drückte er sich an die Theke und hob eine Hand.

»Soro«, begrüßte ihn Tatjana, eine blonde Bardame, die ihn gut genug kannte, dass er anschreiben lassen konnte. Sie war hübsch, und er hatte mehr als einmal versucht, sie ins Bett zu bekommen. Jedes Mal war er gescheitert, was sie bloß noch attraktiver für ihn machte. Er las mehr ihre Lippen, als dass er ihre gekreischten Worte verstand bei der Lautstärke der Technobeats. »Was kann ich dir bringen, Süßer?«

»Wasser, das gefilterte, bitte«, brüllte er und sie nickte, griff hinter sich ein Glas aus dem Schrank und füllte es unter dem blauen Hahn auf. Als sie es ihm auf die Bar stellte, nickte er dankend, schnüffelte erst an dem Wasser und trank dann.

»Marta sagt, dass du hochkommen sollst«, las er Tatjana von den Lippen ab. Sie deutete nach oben und setzte ein breites Lächeln auf. Er zog zum Abschied an seiner Kapuze und ging zu der Wendeltreppe neben der Bar, wo zwei Orcs in löchrigen Anzügen seine Retina scannten und dann nickten.

Auf der Empore, die etwa halb so groß war wie das Erdgeschoss, gab es keine Tanzfläche, sondern lediglich Tische mit alten Sesseln und Sofas. In einer besseren Epoche der Menschheit wäre dieser halb kaputte Stil womöglich als *Vintage* durchgegangen, jetzt war es das Beste, was sich noch auftreiben ließ, von Dingen, die seit Jahrhunderten niemand mehr bauen konnte oder wollte. Etwa die Hälfte war belegt von Crawlern wie ihm, die entweder mit anderen Gestalten sprachen, oder aber mit kleinen Flugdrohnen in Tennisballgröße, wie sie die Dynastien gerne aus dem Orbit schickten. An einigen saßen aber auch die Hologramme von Männern und Frauen in feinen Anzügen, die sich vermutlich aus ihren Habitaten über den Wolken streamten. Ein ganz normaler Tag im *Beatlejuice* eben. Die dreidimensionalen Lichtgestalten flackerten ab und zu aufgrund der statisch aufgeladenen Wolken über ihnen, waren ansonsten aber frappierend echt in ihrem Erscheinungsbild. Er sah ausnahmslos schlanke, überragend gutaussehende Menschen mit maßgeschneiderter Kleidung, die hier so fehl am Platz wirkten wie Blumen in einem Güllefass.

Er versuchte Marta zu erspähen, als er eine Hand auf seiner Schulter spürte. Sein NeuraWire übernahm die Kontrolle und ließ ihn reflexhaft herumschnellen, die Welt ringsherum zu Zeitlupe degradiert. Dreißig Zentimeter lange Monofilamentklingen schnellten aus seinen Handrücken und zerschnitten die Luft hinter ihm. Es war eine Frau, die ihn berührt hatte, und sie war nicht wie die anderen. Sie war deutlich schneller als er. Eben noch sah er ihren Schatten, dann stand sie plötzlich neben ihm, den geschwungenen Mund zu einem spöttischen Lächeln verzogen. Er zwang sich dazu, die Sporne wieder einzufahren, und bemühte sich, innerlich noch zitternd, um ein möglichst gelassenes Erscheinungsbild.

»Cheileen Marquandt, schätze ich?«

»Sehr erfreut«, antwortete die Unsterbliche und lächelte süffisant. Sie hatte langes blondes Haar, das ihr wie eine Woge aus Licht über die Schultern fiel, und ein zartes, wunderschönes Gesicht. Ihr Körper war muskulös aber weiblich, und sie war nur eine Handbreit kleiner als er. Alles in allem sah sie aus wie eine junge Göttin. Er hatte keinen Zweifel, dass sie allerdings schon viele Jahrhunderte alt war. »Sie scheinen nervös.«

»Berufskrankheit.« Er winkte ab. »Sie scheinen gut in Form. Kein schlechter Synth, den sie da tragen.«

»Oh, das ist kein Roboter«, sagte sie und klang beinahe empört, als müsse sie ein Kind maßregeln. »Das bin ich.«

»Eine Unsterbliche im eigenen Körper, hier in Seattle. Auf der Erde?« Soroush lachte freudlos und schüttelte den Kopf. »Ich bin nicht so privilegiert aufgewachsen wie Sie, aber ich bin nicht dumm.«

»Nun, das kommt auf die Definition und den Maßstab an«, gab sie zu bedenken, und er fletschte ob ihrer unverhohlenen Arroganz die Zähne. Sie schien es nicht einmal zu bemerken, wie herablassend sie war. »Jedenfalls bin ich hier in meinem echten Körper – nun, demjenigen des Solsystems jedenfalls.«

»Stimmt es wirklich, dass Sie auf jeder Kolonie einen Körper besitzen?«, fragte er, als die Neugier mit ihm durchging.

»Ja, das ist korrekt. Es gibt aktuell insgesamt siebenundzwanzig Versionen von mir auf siebenundzwanzig Planeten, Monden oder Habitaten da draußen. Wollen wir uns setzen?« Cheileen Marquandt deutete auf einen freien Tisch mit drei Sesseln. Er nickte und sie setzten sich. Die Musik war hier oben noch immer unangenehm laut, und er musste sich vorbeugen, um sie zu verstehen. »Stört Sie die Lautstärke?«

»Ja. Ich habe akustische Verstärker eingebaut, aber die waren nicht die beste Ware und regeln nicht mehr richtig ab.«

»Ah.« Sie zwinkerte ihm zu, und es wurde still um sie herum. Er konnte die Musik und die Gespräche noch immer hören, aber bloß als zartes Wispern am Rande seiner Wahrnehmung. Ohne seine Ohrenaugmente hätte er sie niemals vernehmen können. »Besser?«

»Wie machen Sie das?«

Marquandt zuckte mit den Schultern. »Wollen wir darüber reden, weshalb ich hier bin? Oder warum da eine mechanische Katze um Ihre Beine streicht?«

»Oh, das ist Peeps. Sie ist etwas betagt, aber ihre Software funktioniert noch einwandfrei.«

»Siehst du?«, dröhnte die Robokatze und die Unsterbliche hob eine Augenbraue.

»Das ist … nun ja.«

»Sind Sie eher der Hundetyp?«, fragte Peeps provokant und sah mit ihren großen Augen zu der Frau hoch.

»Ich würde gerne sagen, dass ich schon seltsamere Dinge gesehen habe, aber in diesem Fall muss ich passen.« Sie sah Soroush an. »Also, reden wir über den Auftrag.«

»Ein Dynastiemitglied in Fleisch und Blut auf der Erde«, wiederholte er und atmete tief durch, während er ihren Anblick in sich aufsog. *Eine echte Unsterbliche, direkt vor mir!* »Bitte, Sie haben meine volle Aufmerksamkeit.«

»Freut mich. Wir suchen eine Hyperraumbarke, die in drei Stunden im Krater abstürzen wird.« Die Frau ihm gegenüber streckte die Hand aus, und ein kleines Hologramm erschien darüber. Es zeigte ein glänzendes graues Objekt, das aussah wie ein Ei.

»Was ist das?«

»Eine Hyperraumbarke.« Als er sie verständnislos ansah, seufzte sie und schloss ihre Hand und damit das Hologramm wieder. »Okay, ich erkläre es Ihnen. Gut zuhören.«

»Ich bin nicht dumm«, knurrte er, doch sie ignorierte seinen Einwurf nonchalant. Auf dem Tisch erschien ein neues Hologramm und es zeigte eine schmutzig braune Kugel, die von dunklen Wolken eingehüllt war.

»Das ist die Erde.« Das Hologramm zoomte heraus und zeigte nun auch den Mond, auf dessen Oberfläche sich zahlreiche Lichter drängten wie Windpocken. Um die Erde herum schwebten große Raumstationen, die an einen Ring angedockt waren, der die Heimat der Menschen am Äquator umgab. »Und die Ringstation und Luna.« Sie sah seinen Blick und seufzte. »Ja, das gibt es alles da oben. Aber es gibt noch mehr.«

Wieder zoomte das Hologramm heraus und zeigte siebenundzwanzig Lichtpunkte, die wie ein Sternbild aussahen.

»Das sind die Erde und die sechsundzwanzig Kolonien der Menschheit in der Milchstraße. Alles in relativer Nähe unseres Spiralarms, alles erschlossen durch die ersten Schläferschiffe mit den Embryonen und Robotern für ihre Aufzucht. Durch die Link-Technologie gepaart mit unserer Fähigkeit, Mikrowurmlöcher vom Durchmesser eines Haars im Orbit zu öffnen, konnte sich die Menschheit ausbreiten. Indem sie sich kopierte und in die Klone auf der anderen Seite herunterlud.«

»Die Menschheit?«, fragte Soroush und machte eine

Geste, die den gesamten verstummten Raum einschloss. »Sie meinen wohl ein paar Reiche.«

»Seit Beginn der Raumfahrt konnten nur die klügsten und bestausgebildeten Männer und Frauen die Erde verlassen. So ist es nun einmal.«

»Schon klar.« Er winkte ab. »Was wollten Sie also erklären?«

»Die Distanzen waren für Menschen immer zu weit, die Beschleunigungskräfte zu stark – bis wir den Hyperraum entdeckten und mit ihm eine ganz neue Art der Fortbewegung. Wir sandten vor zweihundert Jahren die ersten Erkundungsschiffe hindurch, um unsere Kolonien auch mit Menschen zu erreichen – in einem Bruchteil der Reisezeit im Normalraum.«

Soroush runzelte die Stirn und sie hob eine Hand. »Das ist kompliziert ich weiß, aber …«

»Was? Ich meinte nicht …«

»Konzentrieren Sie sich einfach noch ein bisschen«, fuhr Marquandt fort, anscheinend ohne ihn gehört zu haben. »Die Schiffe erreichten auch ihre Ziele wie Vega, Orion, Omega oder Sagittarius, aber lediglich die Schiffe und ihre Fracht. Sämtliche Menschen an Bord waren tot. Einfach gestorben, und wir wissen bis heute nicht, weshalb. Tiere überleben den Transfer durch den Hyperraum, aber keine Menschen und auch keine Primaten.«

»Scheint wählerisch zu sein, dieser Hyperraum«, murmelte er und sie verzog das Gesicht.

»Über zwei Jahrhunderte haben wir unsere Forscher und KIs auf dieses Problem angesetzt und über zwei Jahrhunderte hat alles nichts gebracht: Kein Mensch kann durch den Hyperraum reisen und es überleben. Bis heute.«

»Bis heute?«

»Ja, bis heute. Unsere Tiefraumscanner haben einen Riss im Normalraum aufgezeichnet, nahe des Saturns. Eine Hyperraumbarke kam hindurch, und zwar von Aetherium aus, was wir an der Korona aus Cherenkov-Strahlung ablesen konnten, die das Feld umgab.« Die Unsterbliche bewegte ihre Finger und das Hologramm zeigte die kleine Barke, wie sie von einem Planeten mit breitem Ring davonschoss in Richtung Erde. »An Bord konnten wir aber auch ein Lebenszeichen anmessen, und zwar die Biosignatur eines Menschen.«

»Ich dachte, dass kein Mensch durch den Hyperraum reisen kann?«, fragte Soroush und hasste es, dass er sich in ihrer Gegenwart wie ein dummes Kind fühlte.

»Eben. Irgendjemand hat es nach zweihundert Jahren doch getan, und zwar ausgerechnet von Aetherium aus, jenem Ort, zu dem vor einem Monat sämtlicher Kontakt abgebrochen ist.«

»Warum haben Sie nicht einfach Raumschiffe hingeschickt, um die Barke abzufangen?«

»Ich habe ja schon erklärt, dass es aus mehreren Gründen keine bemannte Raumfahrt gibt. Wir haben die Technologien dafür nie weiterentwickelt, weil wir sie einfach nicht brauchten. Der Weltraum ist ein hässlicher kalter Ort, viel besser für Roboter geeignet als für uns.« Marquandt beugte sich etwas vor und schob sich grazil mit einer Hand eine blonde Strähne aus dem Gesicht. »Die Hyperraumbarke bremst ab, sie ist also spezifisch programmiert worden. Nach unseren Berechnungen wird sie in drei Stunden und zwanzig Minuten hier einschlagen, und zwar ausgerechnet im Lake Washington, Seattle.«

»Und Sie wurden hergeschickt, um das Mysterium aufzulösen«, dachte Soroush laut. »Mit meiner Hilfe, da Sie nicht viel Erfahrung damit haben, im Dreck zu spielen.«

»So ist es«, gab die Unsterbliche unumwunden zu und lehnte sich zurück.

»Wenn ich die ganze herablassende Art, Ihre fehlende

Empathie für uns und die Tatsache, dass Sie uns alle retten könnten, wenn Sie nur wollten, mal außen vor lasse, bleibt nur eine Frage: Was springt für mich dabei raus?«, fragte er ruhig. Sie brauchte ihn, das war gut für ihn.

»Sie bekommen entweder jedes Augment, das sie wollen – nicht diesen altmodischen Schrott, sondern alles, was unsere Replikatoren im Orbit herstellen können. Beste Marquandt-Technologie. Oder aber Sie bekommen Ihr Körpergewicht in einer Ressource Ihrer Wahl.«

»Wie wäre es mit einem Ticket hier raus?«, fragte er und unterdrückte ein Schlucken. Ihr Angebot war gut genug, dass er seine Arbeit an den Nagel hängen konnte. Mit den richtigen Symbionten, oder gar einem kompletten Synth-Körper würde sein Leben nicht nur bedeutend länger, sondern auch sorgenfreier sein.

Cheileen Marquandt lächelte amüsiert. »Einmal die Sterne sehen, hm? Ich sage Ihnen was: Uns liegt diese Geschichte am Herzen und wir hörten, dass Sie der Beste sind, wenn es darum geht, jemanden aufzuspüren. Falls Sie mir helfen, dieser Person habhaft zu werden, lege ich Option drei auf den Tisch: einen Reallife-Klon aus Ihrer DNA mit Telomer-Sequenzer. Dreihundert Lebensjahre, unteres Management der Marquandt-Dynastie.«

»Abgemacht«, sagte er und streckte ihr seine rechte Hand hin. Sie blickte auf seine Finger herab, und er fürchtete schon, sie würde gleich die Nase rümpfen, doch stattdessen schlug sie ein.

»Freut mich, aber denken Sie über die drei Optionen nach. Treffen Sie keine voreilige Entscheidung.«

»Wann fangen wir an?«

»Wie lange brauchen wir bis in den Krater?«

»Das wird die erste Hürde sein …«

Kapitel 4

Charlie

Aetherium, südlich von Star City

»Denken Sie, dass sich die Aether selbst ausgelöscht haben?«, fragte Dan.

»Dafür ist es wohl ein bisschen zu früh!«, fuhr Lizzy ihn an. »Wir haben den ersten Mord aufgedeckt, Sherlock, aber das heißt lange nicht, dass wir das Rätsel ihres Aussterbens gelöst hätten.«

»Aber …«

»Lizzy hat recht«, ging Charlie dazwischen. Er wünschte sich, dass seine Studenten aufhören würden, sich über Belanglosigkeiten zu streiten. »Hier geht es nicht darum, möglichst als erste Antworten zu liefern, wo noch niemand welche gefunden hat. Es geht hier um Wissenschaft und Präzision. Wir haben möglicherweise bewiesen – und ich betone *möglicherweise* –, dass die Aether nicht so friedliebend waren, wie wir immer angenommen haben. Vielleicht waren sie doch relativ normal für unsere Verhältnisse. Mit einem Hormonkreislauf, der Angst, Wut und Trauer ermöglicht.«

»Also konnten selbst die Engel nicht in ihre Biochemie eingreifen«, schloss Peter und rieb sich nachdenklich das Kinn. »So wie wir.«

»Nun ja, nur weil direkte Eingriffe negative Folgen hatten, heißt es nicht, dass wir es nicht können.« Charlie tippte sich an die Schläfe. »Wir haben es bloß indirekt getan über Gen-Resequenzialisierung. Ob, was und wie die Aether Einfluss auf ihre Biochemie genommen haben, steht in den Sternen. Fakt ist, dass sie keine Technologien hinterlassen haben, die auch nur ansatzweise unserem Verständnis entsprechen. Wer weiß also schon, wie es wirklich war.«

»Wir wissen ja schon ein paar Dinge«, wandte Lizzy ein und deutete auf die eingerollten Fossilien zwischen ihnen. »Bäume und Aether haben, beziehungsweise *hatten*, einen Stoffwechsel, der nicht auf die Umwandlung von Energie in organischer Form angewiesen war. Sie bezogen ihre Kalorien aus dem Mahlstrom oben im Orbit. Energie direkt aus dem Subraum.«

»Was vollkommen verrückt ist«, meinte Peter.

»Verrückt, ja, aber die Konvergenz zwischen dem Leuchten und den Energiespitzen der Subraumtrichter wurde mehrfach bewiesen.«

»Aber weshalb hatten die Aether dann Zähne? Wenn du nichts kauen brauchst, dann sind Zähne ziemlich überflüssig und die Evolution geht bekanntlich keine Umwege.«

»Die Evolution geht ständig Umwege«, ätzte Lizzy und verdrehte die Augen, als sei Peter einfach zu dumm, um eine richtige Unterhaltung führen zu können. »Für uns mögen gewisse Mutationen wie Umwege erscheinen, aber im Grunde ist die Natur eine riesige Versuch-und-Irrtum-Maschine, mehr nicht. Das hat mit Umwegen nichts zu tun. Es überlebt, was funktioniert.«

»Das würde aber bedeuten, dass die Aether nicht immer ihre Energie aus dem Mahlstrom bezogen haben und vorher ihre Zähne benutzen mussten.«

»Bingo.«

»Das macht aber keinen Sinn, weil wir mit den Aether-Kaninchen und den Ohrensauriern nur zwei andere Tierspezies ausgegraben haben. Der Rest des Planeten besteht ausschließlich aus den wandernden Bäumen und jeder Menge Pflanzen«, beharrte Peter und zog sich sein lächerliches khakifarbenes Hemd zurecht, dass er sich offenbar aus dem Replikator hatte drucken lassen, um wie ein altertümlicher Archäologe aus Schliemanns Zeiten auszusehen. Charlie fand das ja ganz drollig, doch es zeigte auch eine gewisse Ignoranz gegenüber der wichtigen Arbeit des Fachs Archäologie. Sicher, er wäre auch gerne ein echter Indiana Jones, der ständig die Welt rettete, indem er mit hübschen Frauen schlief und eine Peitsche knallen ließ. Aber so brachte man kaum einen Erkenntnisgewinn auf den Tisch, und genau darauf kam es doch letztendlich an.

»Jeder Prädator – und darauf lassen die Zähne ja wohl schließen – braucht eine Beute. Mir kann keiner erzählen, dass es hier einen Faunakreislauf bestehend aus gerade mal drei Tierspezies gegeben haben soll«, fuhr Peter fort.

»Da hast du recht«, beendete Charlie die Diskussion, als er Lizzy schon wieder zu einer wütenden Erwiderung ansetzen sah. Wie konnte man nach so vielen Lebensjahrzehnten noch so unkontrolliert auftreten? Langsam ging sie ihm auf die Nerven. »Fakt ist aber, dass es nun so ist und wir hier einen Flugsaurier, etwas wie ein übergroßes Kaninchen und eine kurzfüßige Amphibie gefunden haben – und mehr nicht. So ist es, das können wir nicht ändern. Aber wir können hier unsere Arbeit machen und nach weiteren Erkenntnissen suchen. Dieser Fund hier«, er deutete auf die Fossilien zwischen ihnen, »ist eine solche Erkenntnis. Wir müssen nur weitere davon zusammensammeln und irgendwann wird das Puzzle komplett sein.«

»Irgendwann«, brummte Dan enttäuscht.

»Wir leben im ersten Jahrtausend nach dem Exodus. Wenn es jemals Menschen gegeben hat, die genug von der Ressource Zeit hatten, dann sind das wir, meint ihr nicht?«

»Da haben Sie recht«, gab der Student zu und auch die anderen nickten widerwillig.

Wie hatte es passieren können, dass die Stimmung so sehr

gekippt war? Sie hatten gerade einen wichtigen Fund gemacht, der zwar ein wenig beunruhigend war, aber dennoch ein Durchbruch in der Aether-Forschung. Jetzt aber fühlte es sich an, als hätten sie etwas falsch gemacht. Er musste sie irgendwie in Aktion bringen, damit sie nicht wieder wochenlang nicht zur Arbeit erschienen. Nach wie vor gab es für ihn in seiner Stellung keinerlei Möglichkeiten, sie zu sanktionieren. Wenn sie nicht mehr kommen wollten, würden ihre Dynastien schon dafür sorgen, dass sie nicht kamen. Man würde der Uni ein wenig Geld geben und Roboter schicken. Genau das konnte er aber nicht gebrauchen.

»Wir machen noch ein paar Tests«, sagte er schließlich und klatschte in die Hände. »Wir haben hier eine ganz besondere Höhle, weil vier Bäume ihre Wurzeln in diese Kaverne strecken. Wir könnten unseren Versuch fortführen, sie miteinander zu verbinden und nachzusehen, ob es einen physischen Austausch zwischen ihren Membrannetzwerken gibt. Wir haben diesen Ort ja nicht ohne Grund ausgewählt, also holt die Kabel und dann los.«

Als sich niemand rührte, klatschte er erneut in die Hände, diesmal lauter und energischer, bis sie schließlich in Bewegung gerieten und zu den Transportboxen liefen.

Die Ausgrabungsstätte lag exakt unter der großen Verwerfung, einer weiteren Merkwürdigkeit dieses exotischen Planeten. Als die ersten Roboterschiffe mit tiefgefrorenen Embryonen an Bord vor über dreihundert Jahren hier eintrafen, kartografierten sie Aetherium entsprechend dem einprogrammierten Missionsprotokoll mithilfe von über zweihundert Satelliten, die noch heute im Orbit ihre Bahnen zogen. Sie zeichneten als Erste die große Verwerfung auf, eine Art Trennlinie, welche die blaue Kugel in zwei auf den Millimeter gleichgroße Hälften teilte. Es handelte sich nicht um einen Graben oder eine Mauer aus Bergen, sondern um eine freie Fläche von etwa fünfzig Metern, in der nichts wuchs. Es gab die wandernden Bäume des Westens und des Ostens, die in ihrer endlosen, gemächlichen Wanderung Kreise beschrieben – allerdings immer nur auf ihrer Seite von Aetherium. Das war für sich genommen schon merkwürdig, doch mit dem Eintreffen der ersten Kolonisten wurden noch seltsamere Dinge aufgedeckt. Die Roboter kümmerten sich nicht weiter darum, da ihre Algorithmen keinerlei Gefahr für die Aufzucht der Klone registrierten und die Atmosphäre atembar war. Keine gefährlichen Raubtiere, nur Fossilien längst ausgestorbener Spezies. Es gab auch keinerlei Mikroorganismen, was dazu führte, dass die KIs das mitgebrachte Mikrobiom der Erde aussetzten, was schon in früheren Versuchen gute Ergebnisse erbracht hatte, bei guten atmosphärischen Bedingungen und dem Vorhandensein von mineralisiertem Wasser. Also zogen die Roboter die Klone in ihren Bruttanks auf, kümmerten sich um erste Behausungen und organisches Material für die Replikatoren, bevor sie das Fusionskraftwerk des Kolonieschiffes in seiner Leistung hochfuhren und ein Mikrowurmloch zur Erde öffneten. Damit kamen die ersten hunderttausend Siedler, indem sie ihr Bewusstsein in die Klone luden, was bei der geringen Bandbreite, die das wenige Nanometer durchmessende Wurmloch ermöglichte, etwa drei Monate dauerte. Da es damals noch nicht so üblich war wie heute, auch die spannenden Dinge des Menschseins – wie dem Entdecken von Neuem – von KIs erledigen zu lassen, machten sich einige Forscher der verschiedenen Dynastien große Namen. Zu ihnen gehörte Dr. Montgomery Charles, der als Erster die große Verwerfung untersuchte und herausfand, dass es dort keinerlei Magnetfeld gab. Das war natürlich nicht weniger als eine physikalische Sensation. Die Magnetosphäre von Aetherium hatte aus dem Orbit normal ausgesehen für die Instrumente der Satelliten, versagte jedoch offenbar am Boden, exakt entlang der 50 Meter breiten Verwerfung, die den Planeten wie ein Längsäquator umgab. Kein Kompass funktionierte und auch viele andere Geräte gaben dort ihren Geist auf. Charles entdeckte aber auch, dass das Wurzelwerk der wandernden Bäume die Verwerfung unterirdisch überbrückte, indem die knorrigen Fortsätze sich in der Tiefe ungestört ausbreiteten. Anders als bei den Exemplaren des Ostens und Westens in ihrer jeweiligen Planetenhälfte aber berührten sie sich nie. Außerdem unterschied sich ihre Biochemie minimal, in etwa so wie zwischen Menschen und Menschenaffen. In den Labors wirkte es wie eine Kleinigkeit und auch vom Aussehen differierten sie kaum, aber es gab diese Diskrepanz, und sie gab den Kolonisten bis heute Rätsel auf.

Was hatte die Flora und Fauna von Aetherium voneinander getrennt und vor allem wieso? Zu welchem Zweck? Da sie keinerlei technologische Hinterlassenschaften entdeckt hatten – abgesehen von dem Mahlstrom im Orbit, gab es viele Theorien: Einige glaubten, dass die Subraumtrichter selbst etwas damit zu tun hatten, andere waren sich einig, dass die Natur einfach nur eine weitere Absonderlichkeit hervorgebracht hatte, die man möglicherweise irgendwann verstehen würde – oder eben auch nicht. Auf Aetherium konnte man nie wissen. Charlie aber hatte diese Verwerfung nie losgelassen, auch wenn sie nicht wirklich relevant für seine Arbeit war. Er bevorzugte die Ausgrabungen genau hier, entlang des größten Mysteriums, das so unnatürlich aussah, dass man sich unweigerlich die Frage stellen musste, ob die Aether etwas damit zu tun hatten. Wer den Mahlstrom erschaffen konnte, besaß sicherlich auch die Möglichkeiten, so etwas wie die Verwerfung hervorzubringen.

Seine Idee mit der Verkabelung des Wurzelwerks war streng genommen gar nicht seine Idee gewesen, sondern die seines Freundes Friedrich Schellen, eines eigenbrötlerischen Astronomen, der selten sein Observatorium verließ, mit dem er den Schatten beobachtete. Zusammengefasst bestand der Gedankenblitz darin, über einen nanonischen Universalleiter einen Austausch zwischen den Systemen herzustellen. Das Innenleben der wandernden Bäume war hochkomplex. Zwar besaßen sie keinen Stoffwechsel, der mit jenem irdischer Bäume vergleichbar gewesen wäre, doch sie zogen ihre Energie irgendwie direkt aus dem Mahlstrom. Die ersten Kolonisten hatten auf Mikrowellenstrahlung getippt, doch die lag hier unten auf dem Planeten sogar unter jenem Wert auf der Erde. Letztendlich war kein Zusammenhang gefunden worden, außer dem Energiepotential, das sich zwischen Mahlstrom und Bäumen direkt synchron verhielt. In ihrem Holz gab es winzige Leitungen aus flüssigen Aethericum, wie sie es nach ihrer Ankunft zum ersten Mal hier nachgewiesen hatten und seitdem auf zig Asteroiden und einigen Monden anderer Systeme. Da Aethericum hochenergetisch war, lag es nahe, dort nach Antworten zu suchen. Aber gebracht hatte es freilich nichts. Noch immer wussten sie nicht, wie diese eindrucksvollen Gewächse ihre Wanderungen über die Hemisphären des Planeten koordinierten, wonach sie navigierten und wie sie es schafften, die Abstände untereinander immer gleich zu halten.

Die Idee bestand also darin, die nanonischen Universalleiter mit den Aethericum-Faszikeln der Bäume zu verbinden und diese dann in die Leitbündel der anderen Bäume zu stecken. Das klang simpel, war aber noch nie probiert worden, weil es keinen Grund dafür gab. Man hatte diese Experimente zigfach durchgeführt und war zu keinerlei Ergebnis gelangt. Die Baumriesen hatten sich nicht verändert, obwohl es zu einem Austausch gekommen war – an der Methodik konnte es also nicht liegen. Für eine Verbindung zwischen den Ost-

und Westbäumen hatte sich dann niemand mehr interessiert, und wenn Charlie ehrlich war, glaubte auch er nicht, dass sich dadurch groß etwas verändern würde. Aber er musste seine Studenten beschäftigen.

»Wir sind so weit, glaube ich«, verkündete Lizzy und hob eine Rolle mit dünnen Kabeln in seine Richtung. Hinter ihr kramten Peter, Dan und Oswald noch in den offenstehenden Transportkisten herum. Charlie sah sich um und betrachtete die mächtigen mannsdicken Wurzeln um sich herum, die aus den Wänden hervorwuchsen und nach der Kaverne zu greifen schienen wie die Finger von Riesen. Feine blaue Äderchen verliefen zwischen der knorrigen Rinde, als handle es sich um animierte Objekte in einem Gruselkabinett.

»Gut, wir fangen gleich an. Aber denkt daran«, fügte er hinzu, als auch die anderen sich umgedreht hatten. »Was immer wir hier herausfinden, bleibt erst einmal unter uns, bis ich mit dem Präsidenten der Fakultät gesprochen habe, verstanden?«

»Ist gut, Doc«, seufzte Lizzy und auch die anderen Studenten nickten. »Sie halten wirklich nicht viel von uns Menschen, oder?«

»Wir sind ein Krebsgeschwür, das sich einfach nur vermehrt, ohne dem Universum etwas Gutes, Gesundes hinzuzufügen«, wiederholte er sein Mantra, und die Studentin schmunzelte.

»Also, dann piksen wir doch einfach mal die einheimische Flora ein wenig und schauen, ob wir was daraus lernen«, meinte Peter und klang wenig überzeugt. Eher so, als habe er es eilig und wolle es hinter sich bringen.

»Das ist genau, was ich meine«, brummte Charlie. »So etwas bringen nur Menschen zustande. Sie finden etwas Aufregendes, gewinnen an Wissen hinzu, und sofort ist es wieder vergessen und langweilig, weil sie sich noch etwas Größeres erhofft haben. Es muss immer mehr da sein. Wir sind eine ekelhafte Spezies und eine verlorene noch dazu.«

»Eine verlorene?«, fragte Lizzy stirnrunzelnd.

»Wir bekommen kaum noch Nachwuchs, leben mit technologischen Wundern in KI-assistierten Welten und ohne Gen-Resequenzialisierung wären wir schon an Blödheit ausgestorben, weil jahrhundertelange Partys eben nicht gerade förderlich für den IQ sind. Vermutlich wäre das Universum sogar besser dran ohne uns, dann könnten wir nicht alles ausplündern.«

»Geht es Ihnen nicht gut, Doc?«

»Ach …« Er winkte ab. »Gib mir das Kabelende. Nimm das andere, und dann auf die andere Seite.«

Charlie ließ sich von der Freizeitstudentin eins der spitzen Enden geben und dazu eine winzige Analyse-CPU. Mit beidem ging er zur westlichen Wand der Kaverne, deren grobes Felsgestein feucht war und muffig roch. Eine der Wurzeln, so dick wie sein Oberschenkel, kam etwa in Kopfhöhe aus dem Gestein, beschrieb einen Bogen und drang etwas weiter unten wieder in den tiefen Erdboden ein. Er markierte mit seinem NanoWiz ein geeignetes Faszikel und sah fortan einen kleinen roten Punkt inmitten des blauen Pulses. Dann blickte er über seine Schulter zu Lizzy auf der anderen Seite der Kaverne. Auch sie hielt eines der spitzen Enden in der Hand und sah zu ihm. Bei den Kisten saßen Dan, Peter und Oswald und unterhielten sich mit gedämpften Stimmen. Charlie schüttelte den Kopf.

»Also gut, dann los. Danach packen wir ein und lassen es für heute gut sein«, sagte er und steckte das angespitzte Ende des nanonischen Universalleiters in die Faszikel. Erwartungsgemäß geschah gar nichts. Das transparente Material des Leiters füllte sich mit blauem Aethericum, beziehungsweise saugte es auf mit seinen unglaublich kleinen Kapillaren und dann stand die Verbindung: ein blau leuchtendes Kabel, wie eine Wäscheleine von Wurzel zu Wurzel gespannt. Sie hatten die West- und die Ostfauna miteinander verknüpft – und es geschah nichts. Enttäuscht drückte er die Analyse-CPU an den Universalleiter und wartete, bis sie sich verflüssigte und darum herumglitt, sich wieder verfestigte und ihm Daten an den NanoWiz sendete.

»Interessant«, murmelte er vor sich hin. »Die Flüssigkeiten beider Bäume haben sich in der Mitte des Universalleiters getroffen, verbinden sich aber nicht.« Vor seinem künstlichen Sichtfeld, das jetzt die Realität überlagerte, bombardierte ihn die CPU mit Molekularanalysen und Darstellungen auf der atomaren Ebene. Es war beinahe, als wären zwei Wände aufeinandergeprallt, die jetzt dicht voreinander standen. Dann lösten sie sich langsam auf, streckten zarte Fühler in Form einzelner Atome aus, die sich mit denen der Gegenseite verbanden, geradezu vorsichtig. »Das ist … interessant.«

»Was ist los, Doc?«

»Das Aethericum-Gemisch beider Bäume scheint sich doch miteinander zu verbinden und …« Charlie schnappte nach Luft. Was eben noch zaghaft und forschend vonstattengegangen war, beschleunigte sich jetzt. Die Atome begannen zu tanzen, schlossen sich zu neuen Molekülen zusammen. Er ließ sich eine Molekulardarstellung der Faszikelflüssigkeit einblenden und legte sie neben das neue Molekül. Sie waren sich sehr ähnlich, bis auf geringe Abweichungen, die wohl eher etwas für einen Chemiker waren. Er speicherte alles ab, als sein NanoWiz die Exosicht abschaltete.

»Was …?« Er brachte den Satz nicht zu Ende, da er sofort verstand, weswegen der Nanitenschwarm eingegriffen hatte: Die blaue Flüssigkeit im Universalleiter hatte stark zu leuchten begonnen und pulsierte in einem ansteigenden Rhythmus.

»Äh, Doc?«, fragte Lizzy alarmiert und machte einige

Schritte von der Wurzel auf ihrer Seite der Kaverne weg. »Was ist hier los?«

»Ich weiß es nicht«, gab er zu und leckte sich über die plötzlich ausgetrockneten Lippen. »Ihre Kreisläufe haben sich miteinander vermischt und alles scheint sich neu zu verteilen.«

»Ist das gut oder schlecht?«

»Ich weiß es nicht.« Er beachtete sie nicht weiter, auch nicht das Geschwätz am Rande, das von den anderen Studenten zu ihm herüberwehte. Fasziniert beobachtete er die Stelle, wo sich Kabel und Wurzel miteinander verbanden und einer für menschliche Ohren unhörbaren Melodie zu folgen schienen. »Faszinierend. Ich nehme eine Probe.«

Charlie redete ganz leise und nur für sich, bemerkte es jedoch nicht einmal. Er zog einen Stift aus Unimat aus seinem Gürtel und sandte einen Befehl in das graue Material, woraufhin es sich zu einem Monofilamentskalpel verformte. Dann zog er einen weiteren Stift hervor und machte ihn zu einer kleinen Schachtel. Vorsichtig führte er das Skalpell an die Wurzel und setzte seinen Zeigefinger direkt auf die stumpfe Seite über der winzigen Klinge. Er setzte einen kleinen Schnitt und ließ die blaue Flüssigkeit und ein Stück Rinde in die Schachtel tropfen. Dann verschloss er sie und bemerkte, dass er sich in die Fingerkuppe geschnitten hatte. Abwesend saugte er an der kleinen Wunde und verstaute die Schachtel in seinem Gürtel, als plötzlich ein Wurzelstück über ihm aus der Wand brach. Erschrocken schrie er auf und sprang zurück, wäre beinahe gestürzt und fing sich im letzten Moment wieder. Das knorrige Stück war groß wie ein Mensch und zweimal in sich verdreht. Er hatte schon einmal erlebt, dass ein Ast vom Baum abgestoßen worden war, doch normalerweise verblasste der blaue Schimmer sofort mit der Trennung vom Hauptstamm. Dieses Stück aber pulsierte noch immer.

»Wie kann das sein?«, stammelte er und rappelte sich langsam auf, ohne das Wurzelstück vor sich aus den Augen zu lassen. Mittlerweile waren auch seine Studenten herbeigelaufen und standen in einem Halbkreis hinter ihm. Gebannt beugten sie sich vor und starrten das Bruchstück an, dessen Enden aussahen wie mit einer Präzisionssäge abgeschnitten.

»Das ist einfach so passiert?«, fragte Lizzy.

»Warum leuchtet es noch?«, wollte Peter wissen.

»Ich habe keine Ahnung«, hauchte Charlie. »Wir packen es ein und nehmen es mit zur Uni.«

»Zur Uni?« Dan klang verwirrt. »Aber …«

»Ich bringe es selbst dorthin. Das hier ist neu und dürfte eigentlich gar nicht sein. Ein Abtrennen vom Baum bewirkt seit Jahrhunderten immer, dass das Aethericum in den Faszikeln in einen inaktiven Zustand übergeht und das Holz dann in Rekordzeit vergammelt.«

»Denken Sie, dass es etwas mit dem Austausch zu tun hat, den wir initiiert haben?«, fragte Lizzy mit gerunzelter Stirn.

»Da kannst du Gift drauf nehmen. Zieht die Kabel raus und dann programmiert eine der Kisten so, dass diese Wurzel reinpasst. Wir müssen das schnellstens ins KI-Labor bringen«, wies er Peter und Oswald an, die sofort losliefen. Als Peter jedoch an dem ihm nächsten Kabelstück zog, tat sich rein gar nichts. »Na los, mach schon.«

»Ich ziehe ja, Doc, aber ich bekomme es nicht heraus.«

»Lass mich mal«, sagte er und scheuchte seinen Studenten fort. Auf einen Streit hatte er jetzt keine Lust und schon gar keine Zeit. Er packte das verdickte Ende des Kabels, wo es in den spitzen Fortsatz überging und zog daran. Genauso gut hätte er versuchen können, einen Baum mit bloßen Händen zu entwurzeln. »Was zur …?«

Kapitel 5

Soroush

Erde, Seattle

»Muss das wirklich sein?«, fragte Cheileen Marquandt angewidert und lugte mit hochgezogener Oberlippe in den alten Kanalisationsschacht hinab. Es roch gleichzeitig beißend und süßlich nach Fäkalien, halb verrotteter Biomasse und uralten Abfällen, die in einem jahrhundertelangen Zersetzungsprozess ihre Form auflösten.

»Das ist der einzige Weg zur University of Washington«, erklärte Soroush und zuckte mit den Schultern. Sie standen vor einem ehemaligen Pumpenhaus, das einst am Ufer des Portage Bay gestanden hatte. Die Meerenge hatte lange vor seiner Geburt den Pazifik mit dem Lake Washington im Herzen Seattles verbunden. Seit die Flutmauern den toxischen Ozean ausgesperrt und der Komet Kassandra den See hatte verdampfen lassen, war die Portage Bay nur noch eine trockengelegte Furche zwischen Krater und Mauer. Aber sie war eben nicht ganz trocken. Im ersten Jahrhundert nach dem Exodus hatten viele Firmen hier ihre giftigen Abfälle entsorgt, die noch immer als farbige Suppe am Grund der flussartigen Bay leuchtete. Da die Brücken längst zerstört waren, gab es nur wenige Möglichkeiten, von der Süd- auf die Nordseite zu gelangen. Wer die Schmugglertunnel kannte – wie Soroush – besaß einen relativ sicheren Weg. Wer sie nicht kannte – und das waren die meisten – musste es mit einem der gespannten Seile oder auf einem Boot versuchen, was jedoch gleich mehrere Lebensjahre kosten konnte.

»Und wir müssen zur University of Washington, weil Ihr Kontakt sich weigert, ein Comlink zu benutzen?«

»Ja.«

»Ich frage gar nicht erst, wie ein Crawler ohne Kommunikationsmöglichkeiten überleben kann«, seufzte Cheileen resigniert.

»Sie ist nur für … spezielle Aufträge buchbar.«

»Wetwork?«

»Ähm, ja«, erwiderte Soroush umständlich.

»Eine Auftragskillerin also. Und die hilft uns *wie genau* bei der Mission?«

»Es ist nicht so leicht, in den Krater zu gelangen. Es gibt insgesamt drei Sektoren im Blauen See …«

»Blauer See? Sie meinen den Lake Washington?«

»Wir nennen ihn auf der Straße auch Blauer See, weil er eben blau leuchtet in der Nacht.«

»Sehr poetisch«, spottete die Unsterbliche.

»Wollen Sie sich in Hochnäsigkeit üben, oder Ihren blinden Passagier finden?«, grummelte Soroush genervt.

»Schon gut. Blauer See also. Drei Sektoren. Ich schätze, dass es drei sind, weil jeweils einer von Yakuza, Wory und Mafia gehalten wird?«

»Das ist richtig. Bis vor einigen Jahren waren auch noch die Triaden beteiligt, aber die sind seit der Reaktorschmelze in Sammamish quasi nicht mehr existent, und die anderen haben sich ihr Gebiet unter den Nagel gerissen«, erklärte er und stopfte sich zwei vorbereitete Gummikügelchen in die Nasenlöcher. Mit näselnder Stimme fuhr er fort: »Die lassen niemanden rein und schießen auf alles und jeden, den sie nicht erkennen. Die Zwangsarbeiter schuften dort bis sie an der Strahlung verrecken und die Aufseher setzen sich aus Gangmitgliedern zusammen, die ebenfalls dort leben und sterben. Niemand kommt rein oder raus, abgesehen von den Mules.«

»Mules?«

»Das sind die Träger, die das Aethericum aus dem Krater zu den Landezonen der Orbitalshuttles schleppen. Ich habe gehört, dass sie nach dem Abtransport ermordet werden, um niemandem etwas über den Blauen See verraten zu können. Die hüten die einzige Lebensader der Stadt ziemlich eifersüchtig.«

»Die einzige Lebensader des organisierten Verbrechens meinen Sie?«

»Schon«, gab er zu und deutete auf die Lichter der Stadt hinter ihnen. »Aber die Technologie, die Medikamente und Ressourcen, die mit den Roboterschiffen als Bezahlung aus dem Orbit kommen, gehen ja nicht zurück in den Krater, sondern an die Oberschicht von Yakuza, Wory und Mafia. Die wiederum verteilen das Nötigste nach unten in ihre Organisation, um sie am Laufen zu halten und dafür zu sorgen, dass es gerade genug ist, dass jeder abhängig ist.«

»Zu wenig zum Leben, aber zu viel zum Sterben«, dachte die Unsterbliche laut und schüttelte den Kopf. »Ein sehr altes, barbarisches Herrschaftsprinzip.«

»Ich würde es eher etabliert nennen, immerhin ist es doch genau dasselbe, was Sie und Ihresgleichen mit uns machen«, erwiderte er bitter und deutete auf das blaue Leuchten rechts von ihnen über der Häuserfront in Richtung Krater. Es sah sphärisch aus, wie ein unwirkliches Gas, das aus dem Erdinneren selbst aufstieg und sich mit der schmutzigen Luft über Seattle verband. »Sie lassen uns die Drecksarbeit machen und geben uns gerade genug, dass wir die Drecksarbeit weitermachen können.«

»Wir halten diese Stadt am Leben«, widersprach sie.

»*Das* nennen Sie Leben? Zu wenig Strom, zu wenig Nahrungsmittel, zu wenig Medikamente, außer Kontrolle geratene Gewalt und kein Schutz vor dem Wetter. Das hier ist ein langsames Dahinsiechen und kein Leben. Seattle ist ein einziges Hospiz und Sie sind das Management, das langsam sämtliche Geräte abstellt.«

»Was wäre denn Ihre Alternative?«

»Sie könnten diesen Ort mit Ihrer Technologie im Handumdrehen verändern, oder nicht?«

»Ja.«

»Sie könnten genügend Strom für alle Bewohner der Stadt zur Verfügung stellen, uns immun gegen den Regen machen, unser Leben verlängern, Mutationen beseitigen und …«

»Wir könnten noch viel mehr tun als das«, unterbrach sie ihn. »Aber was würde das bringen? Wenn Sie sich in dieser Stadt umsehen, Ihren Mitmenschen in die Augen blicken: Wollen Sie wirklich, dass diese Leute ewig leben und noch mehr Macht bekommen?«

»Es gibt auch gute Menschen hier unten«, protestierte er.

»Wirklich? Zählen Sie sich selbst dazu?« Cheileen sah ihm direkt in die Augen, und nach einigen Augenblicken wandte er sich murrend ab.

»Gehen wir einfach.« Soroush kletterte in den Abgang des Pumpenhauses hinab und schaltete seine Augmentaugen auf Restlichtverstärkung. Danach schaltete er auf seinem Colt Ruger die Passivlampe ein und ließ sich in den knietiefen Morast aus Unrat hinabgleiten. Durch das schwache Licht seiner Lampe konnte er mit Restlichtverstärkung gerade genug sehen und gleichzeitig dafür sorgen, dass ungebetene Bewohner dieses Tunnels ihn nicht sofort entdeckten. Teufelsnager liebten die Dunkelheit der Tiefe und waren meist so ausgezehrt, dass sie sich auf alles stürzten, was man fressen konnte. Wo Peeps sich wohl herumtrieb? Er hasste die Viecher.

»Wie genau …«, setzte die Unsterbliche hinter ihm an, doch er unterbrach sie mit einem gezischten »Pst!«

»Was denn?«, fragte sie leiser.

»Teufelsnager«, flüsterte er und deutete auf seinen Kopf.

»Ah«, antwortete sie über sein internes Comlink. Ihre Lippen bewegten sich dabei nicht. »Sind die so gefährlich?«

»Kommt darauf an. Ein oder zwei sind kein Problem, aber meistens kommen sie in Gruppen von einem Dutzend oder mehr Viechern. Wenn die Sie beißen, werden Sie krank und sterben innerhalb von wenigen Tagen an irgendwelchen Infektionen.«

»So?« Die Dynastiefrau klang nicht besonders besorgt. »Wozu genau brauchen wir eigentlich diese Auftragsmörderin?«

»Sie heißt Shakoufeh Price«, knurrte er. »Hier unten hat nicht jeder das Privileg, sich nicht die Hände schmutzig machen zu müssen und Roboter die Scheißarbeit erledigen zu lassen.«

»Machen Sie das ab jetzt die ganze Zeit?«

»Was?«

»Diese Gesellschaftsdiskussion führen. Ziemlich ermüdend.«

»Wie alt sind Sie?«

»Sehr alt. Nach Ihren Maßstäben.«

»Sollten Sie in all der Zeit nicht eine Menge Geduld entwickelt haben?«, fragte er, während sie sich durch den engen Kanalisationsschacht vorarbeiteten. Das Wasser – sofern man die dunkelbraune Brühe noch als solches bezeichnen konnte – war kalt und stank so erbärmlich, dass er mehrfach würgen musste. Hätte sein Rezeptorblocker noch funktioniert, hätte er sämtliche Nervenimpulse aus seinen Beinen einfach blockiert, aber dieses Augment war bereits vor zwei Jahren ausgefallen. Dadurch konnte er die synthetischen Hautrezeptoren seiner Augmentbeine nicht mehr ansteuern und musste mit den Empfindungen seiner Gliedmaßen – obwohl künstlichen Ursprungs – leben.

»Naturals wie Sie und selbst Reallifer bei uns haben seltsame Vorstellungen von Unsterblichkeit«, entgegnete Cheileen. Sie bewegte sich hinter ihm so lautlos, dass er sich mehrfach nach ihr umsehen musste, um sicherzustellen, dass sie noch da war. Irgendwie schaffte sie es, noch immer wie geleckt auszusehen, während er sich wie eine abgewrackte Kanalratte fühlte. Ein treffendes Bild.

»Zum Beispiel?«

»Langes Leben bedeutet nicht, dass man den menschlichen Makel loswird. So einfach ist es nicht. Es ist eher so, dass Langeweile und Bedeutungslosigkeit zunehmen. Denken Sie nicht, dass die Aussicht auf Unsterblichkeit Ihnen sämtliche Probleme nimmt. Alles zieht sich in die Länge und strebt keinem Ziel entgegen.«

»Sehr schrecklich«, schnaubte Soroush.

»Sie tun, was Sie tun, weil Sie einen Sinn für Eile haben, dieses Gefühl im Hinterkopf, das Ihnen sagt, dass Sie nicht unendlich viel Zeit haben. Diese Eile treibt Sie zu Entscheidungen, dazu, das Beste aus der Zeit zu machen, die Sie haben. Stellen Sie sich vor, dass diese Eile fort ist. Für immer.«

»Das sind Luxusprobleme. Dort wo ich wohne, bringt sich jede Woche ein Dutzend Menschen um. Sie hängen aus den Fenstern, schießen sich im Treppenhaus das Gehirn aus dem Schädel oder schneiden sich die Pulsadern auf. Sie haben keine Perspektive, keinen Grund zu leben. Erzählen Sie mir also nichts von Problemen.« Er blieb stehen und drehte sich zu ihr um, sodass sie beinahe Nase an Nase standen. Ihre Schönheit war beunruhigend und lenkte ihn ständig ab, zumal ihre übermenschliche Gelassenheit einschüchternd war. Doch nicht dieses Mal. Seine Stimme bebte und seine zu Fäusten geballten Hände – die rechte wand sich wie eine Schraubzwinge um den Griff des Colt Ruger. »Sie kommen hierher und wollen mir erzählen, dass ich es eigentlich besser hätte, weil Sie sich mit Langeweile rumärgern müssen? Das ist widerwärtig.«

Cheileen Marquandt zog ungerührt eine Braue hoch. Hätte er ein Zeichen gebraucht, dass sie ihn jederzeit töten konnte, dann hätte das jetzt ausgereicht. Aber das brauchte er nicht. Er wusste nicht viel, kannte die Unsterblichen nur aus Erzählungen und empfand es noch immer als surreal, dass er mit einer von ihnen durch seine Stadt streifte. Doch selbst wenn er die Hälfte von dem, was er an Gerüchten gehört hatte, einfach beiseiteschob, war sie noch immer eine gefährliche Gottheit im Vergleich zu ihm. Ohne Zweifel konnte sie ihn im Handumdrehen töten, ohne auch nur einen Schweißtropfen zu vergießen. Dabei war er mit seinen Augmenten für Seattler Verhältnisse einer der gefährlichsten Crawler innerhalb der Stadtmauern.

»Gut gebrüllt, Löwe. Sind Sie fertig mit Ihrer kleinen Show?«

Schnaubend drehte er sich um und hielt vor dem engen Schacht an, der den Tunnel abrupt abfallen ließ. »Warum gehen Sie nicht einfach in den Krater, stellen sich in die Nähe der berechneten Einschlagskoordinaten und warten, bis diese Notfallbarke eintrifft?«

»Weil ich mir den Weg freischießen müsste.«

»Das dürfte für Sie doch kein Problem sein«, erwiderte er und spähte mit seiner Taschenlampe in den Schacht hinein. Die alte verrostete Leiter sah glitschig aus und der Gestank nahm – wenn überhaupt möglich – noch zu.

»Vermutlich nicht«, gab sie zu. »Aber ein Großteil der Abbautätigkeiten würde dadurch gestört werden und …«

»Und was?«

»Sagen wir einfach, dass es eine schlechte Idee ist, wenn ich da unten einen Krieg anzettele. Wir wollen sicherstellen, dass der Abbau reibungslos weitergeführt wird.«

»Liegt es an dem Aethericum? Ich habe gehört, dass Sie es im Vakuum abbauen, aber innerhalb der Atmosphäre verändert es sich irgendwie und die Unsterblichen halten sich davon fern.«

»Wie ein Vampir von Knoblauch.«

»Knoblauch?«, fragte er verwirrt. »Was ist ein Vampir?«

»Vergessen Sie's.« Sie winkte ab. »Müssen wir da runter?«

»Ja.«

Der Abstieg dauerte eine Viertelstunde, da er mehrfach nachgreifen musste, um nicht in die Tiefe zu stürzen. Durch die Enge des Schachts war der ausgeleuchtete Bereich rings um ihn herum recht klein und komprimiert, sodass seine Augmentaugen Schwierigkeiten hatten, darüber hinaus zu sehen. Unten angekommen stand ihm die Brühe bis zur Hüfte, sodass sie durch den zähflüssigen Morast waten mussten. Sie befanden sich bereits unter der Portage Bay und waren noch keinen Teufelsnagern begegnet. Was entweder bedeutete, dass sie Glück hatten, oder aber die toxischen Ausdünstungen in der Kanalisation heute einen Level erreicht hatten, dass selbst die mutierten Ratten das Weite suchen ließ. Da Glück ein unbekanntes Konzept in Seattle war – und vermutlich auch im Rest der Welt – kam nur Zweiteres infrage, was ihn nicht gerade in Euphorie versetzte. Seine Bronchialfilter arbeiteten schon seit Jahren nicht mehr auf voller Leistung, seitdem keine Wartungssymbionten mehr erhältlich waren. Seine Versuche, auszuhandeln, mit den nächsten Shuttlelieferungen neue zu bekommen, waren gescheitert: Offenbar gab es so etwas nicht einmal mehr im Orbit. Vermutlich ließ ihm das noch ein Dutzend Jahre, wenn er Glück hatte. Dann würden die giftigen Dämpfe in der Stadt ihm die ersten Lungenkarzinome bescheren, und dann war's das auch schon.

Den Rest des Weges bis zur anderen Seite schwiegen sie. Dort angekommen stiegen sie durch ein Pumpenhaus auf, das bis zur Oberfläche beinahe identisch mit jenem war, durch das sie eingestiegen waren. Oben allerdings gab es keinerlei Gemäuer mehr, nur noch einen kreisförmigen Schutthaufen unter dem ewig dunklen Himmel. Die ehemalige University of Washington lag nordwestlich – ein Areal aus verwelkten Grünflächen und eingestürzten Gebäuden. Überall standen simple Plastikzelte kreuz und quer, kaum von Abfallhaufen zu unterscheiden. Der Blick darauf war frei – zumindest mit seiner Restlichtverstärkung – da die nächsten ein- oder zweihundert Meter vor ihnen ein einziges Feld aus Schutt und Geröll waren. Der letzte Supersturm vor einem Monat hatte hier einen Tornado hindurchgejagt und keinen Stein auf dem anderen gelassen. Auch das Stadion im Osten war stark in Mitleidenschaft gezogen worden: Auf einer Seite klaffte eine V-förmige Schneise in den Rängen. Das Dach aus Stahl war bereits vor langer Zeit eingestürzt, und der einst eindrucksvolle Bau war nun nicht mehr als ein deprimierendes Zeugnis des Niedergangs.

»Dort treffen wir sie?«, wollte Cheileen wissen.

Regen setzte ein und Soroush zog sich die Kapuze über den Kopf und sprühte sich das Gesicht ein. Die Unsterbliche beobachtete ihn dabei aus den Augenwinkeln.

»Ja, da treffen wir Shaka.«

»*Shaka*? Ist das ihr Crawlername? So wie Ihrer *Soro* lautet?«

»Ja.«

»Darf ich Sie Soro nennen?«

Er zuckte mit den Achseln und bedeutete ihr, ihm zu folgen. Gemeinsam staksten sie über den unwegsamen Schutt, zwischen dem sich bereits erstaunliche Mengen Plastikmüll und andere Abfälle angesammelt hatten. Cheileen hüpfte behände von einem größeren Brocken zum anderen, während er sich abmühte, nicht irgendwo hängenzubleiben und sich zu verletzen. Sich zu verletzen, bedeutete in den meisten Fällen zu sterben. In das Stadion gelangten sie durch den Haupteingang, eine große Glasfront – selbstverständlich ohne Glas – vor der einige aufgespießte Skelette und ein paar weniger alte Leichen Besucher davor warnten, einzutreten. Shaka gab viel auf ihre Privatsphäre und besaß vermutlich das größte Eigenheim in der ganzen Stadt. Da das Stadion keinerlei Nutzen mehr besaß, seit die Nordtribüne eingebrochen war und sich niemand mehr hineintraute, ließ das organisierte Verbrechen sie gewähren. Ganz abgesehen davon, dass sie verdammt gefährlich war.

»Nett hier«, kommentierte Cheileen den Anblick der Toten im Vorbeigehen.

»Seattle«, erwiderte er ungerührt und führte sie durch den dunklen Empfangsbereich, der von Treppen umgeben war, die zu den verschiedenen Zuschauerebenen führten. Auf der gegenüberliegenden Seite ging es hinaus auf den Rasen. Oder besser gesagt auf das, was einmal Rasenfläche gewesen war. Auf dem ehemaligen Spielfeld erinnerte nichts mehr an American Football. Überall lagen Scherben und größere Trümmerstücke der eingestürzten Tribünendächer. Statt Gras gab es bloß krank aussehende Erde und nassen Sand zu sehen und die Ränge bildeten ein trauriges Hufeisen, das mit der eingestürzten Nordtribüne offen lag. Er ging und kletterte, bis sie in etwa die Mitte erreichten, wo sie sich auf einen roten Punkt stellten, der auf ein zwei mal zwei Meter großes Blech gesprüht worden war.

»Ich bin es, Soro«, rief er laut und das Echo hallte geisterhaft durch die Ränge, die einmal einhunderttausend Menschen Platz geboten hatten.

»Was genau machen wir hier?«, wollte Cheileen wissen.

»Shaka ist sehr auf ihre Privatsphäre bedacht.«

»Paranoid meinen Sie.«

»Sie nimmt ihre Sicherheit ernst, was in Seattle über Leben und Tod entscheiden kann. In diesem Moment sitzt sie in irgendeinem ihrer Verstecke und sucht uns ab mit ihrem Zielfernrohr.«

»Ich weiß. Meine Sensoren haben sie bereits beim Eintreffen registriert. Sie befindet sich in der vorletzten VIP-Kabine.« Die Unsterbliche hob einen Finger und deutete auf die Osttribüne. Soroush zoomte mit seinen Augmentaugen heran, konnte jedoch nichts erkennen.

»Wenn Sie das sagen.« Er hob die Stimme. »Wir haben einen Auftrag für dich!«

»Und ich sehe dich«, murmelte Cheileen. »Also lassen wir diesen Kinderzirkus.«

»Seien Sie vorsichtig, sie kann Lippenlesen«, sagte er, als im selben Augenblick ein lauter Knall durch das Stadion schallte. Er sah gerade noch den Mündungsblitz und sein NeuraWire ließ ihn zusammenzucken. Für normale neuronale Prozesse viel zu schnell, konnte er mitansehen, wie sich die Lippen seiner Begleitung zu einem Lächeln verzogen, als die Luft um sie herum zu flirren begann und das Projektil einige Zentimeter vor ihrer Haut zerschellte.

»Gut gemacht«, sagte sie und applaudierte abfällig in Richtung der VIP-Kabinen auf der Osttribüne. »Sie können jetzt zu Ihrem Freund hier herunterkommen und sich bezahlen lassen, oder ich revanchiere mich für Ihre Begrüßung.«

Die Unsterbliche sprach nicht besonders laut, aber Soroush war sicher, dass Shaka sie auf die eine oder andere Art und Weise hören konnte.

»Wie haben Sie das gemacht?«, fragte er mit trockenem Mund, als der Adrenalinrausch nachließ. Seine Hände zitterten noch immer wie überspannte Spiralfedern.

»Personenkraftfeld.« Sie winkte ab. Etwa zehn Minuten später kam eine dunkle Gestalt auf sie zu. Sie trat durch einen schmalen Seiteneingang zum Spielfeld hinaus ins Freie, über die Schultern ein langes Gewehr gelegt. Je näher sie kam, desto mehr erkannte er, dass es tatsächlich Shaka war. Sie hatten bereits mehrfach zusammengearbeitet. Er würde sie nicht als Freundin bezeichnen, dafür war sie ihm zu unheimlich, aber sie verstanden sich auf professioneller Ebene sehr gut, und er vertraute ihr, was in Seattle eine Seltenheit war. Im Grunde genommen war sie sogar die einzige Person in der Stadt, der er wirklich traute. Das lag zu einem großen Teil daran, dass sie sehr direkt war und mehrfach gedroht hatte, ihn zu töten. Lieber arbeitete er mit jemandem, bei dem er wusste, woran er war, als mit jemandem, der ständig lächelte und hinter dem Rücken die Messer wetzte. Shaka tat es immerhin für alle gut sichtbar.

»Jetzt weiß ich wenigstens, was Sie sind«, sagte die Crawlerin im Plauderton. Sie war einen Kopf kleiner als Soroush, hatte langes schwarzes Haar, das mit Sicherheit nicht echt war, und war erstaunlich zierlich für eine so zähe Gestalt. Er schätzte, dass sie bis oben hin mit Augmenten vollgestopft war, obwohl er es nicht genau wusste. Sie bewegte sich geschmeidig wie eine Leopardin und doch ein wenig abgehackt, was auf NeuraWire hindeutete. Ihr Gesicht empfand er als hübsch und elfenhaft, obwohl sie auf einer Wange Pockennarben mit sich herumtrug und auf der anderen eine rosafarbene Narbe von der Augenbraue bis zum Unterkiefer.

»Hi, Soro«, fügte sie hinzu und nickte in seine Richtung, als sie vor ihnen stehenblieb. Dann hefteten sich ihre verchromten Augen wieder auf die Unsterbliche. »Schicker Trick.«

»Nette Begrüßung. Machen Sie das mit jedem so?«

»Mit allen, die ich nicht kenne und die sich in mein Heim wagen«, gab Shaka zurück. »Aber das wusste Soro natürlich.«

Cheileen warf ihm einen sauren Blick zu, und er zuckte

mit den Schultern. »Habe mir gedacht, dass Sie was drauf haben.«

»Ein nettes Kennenlernen«, schnaubte die Unsterbliche und schüttelte den Kopf. »Kommen wir zum Geschäftlichen.«

Kapitel 6

Charlie

Aetherium, südlich von Star City

Charlie rief eine AntiGrav-Kapsel zur Ausgrabungsstätte und stieg bei lauem Abendwind ein. Die Studenten teilten sich eine zweite zurück zur Stadt. Sie wollten ihn unbedingt begleiten, weil Archäologie plötzlich doch noch spannend geworden zu sein schien. Doch er hatte ein Ziel, dass er nur alleine ansteuern konnte. Eine Chance hatte sich aufgetan, nicht nur aus wissenschaftlicher Sicht, sondern auch aus beruflicher Sicht.

Die Kapsel war gebaut wie eine Halbkugel aus Komposit, das scheinbar transparent war. Dabei spielte der Smartcoat lediglich seine Sensorinformationen in Echtzeit auf die Innenseite der Passagierkabine, sodass es aussah, als könne er das Land ringsherum und unter sich live sehen. Smartcoat war eine der praktischsten Erfindungen aus den KI-Werkstätten: eine aufgesprühte Schicht aus Naniten, die sich zu einem Nahbereichsnetzwerk verbinden und so ziemlich alles bewerkstelligen konnte. Dazu gehörten Sensorfunktionen, Feldscans, Panzerung, Aufprallschutz und viele weitere Dinge, von denen er nicht einmal etwas wusste. Das lag nicht bloß daran, dass er ein Reallifer war – niemand verstand die sie umgebende Technik noch zur Gänze. Spätestens seit der KI-Revolution vor über eintausend Jahren, spuckten die superintelligenten Algorithmen mit ihren Assembler-Fabriken eine Innovation nach der anderen aus, und jede davon funktionierte. Kein menschlicher Verstand konnte der Komplexität dieser Erfindungen noch Herr werden und sie bis in jedes Details begreifen und durchschauen. Aber warum sollten sie auch? Das Hinterfragen und Verstehen gehörte in eine ferne Vergangenheit, in der menschliche Hände noch erfunden und gebaut hatten. Das war lange vorbei und die Vorzeichen hatten sich geändert.

Die Kapsel hob sanft ab, ruckelte einen Augenblick und schoss dann senkrecht in die Höhe, bevor sie sich drehte und in Richtung Norden davonjagte. Charlies Ziel war der Universitätsturm im Herzen der City, der eigentlich gar kein Universitätsturm war, sondern der Sitz des KI-Gouvernements, dessen obere drei Etagen der Universität von Aetherium gehörten. Es gab ein paar Labore, Sitzungsräume und eine Dachterrasse mit dem besten Ausblick über die Stadt. Böse Zungen behaupteten, dass die Hochschule überhaupt nur überlebte, weil ihr Präsident Roger Butterfield die besten Partys der City veranstaltete, was letztendlich wohl auf die Aussicht und die Exklusivität des Gebäudes zurückzuführen war.

Als die Kapsel über das Never-Gebirge sauste, das Star City wie ein Badewannenrand umgab, umfing sie das enorme Leuchten der Stadt. Sie war eine seltsame Mischung aus menschlichen Bauten und modifizierten Bäumen, die nicht so recht zusammenpassen wollten und gleichzeitig einen mysteriösen Charme ausstrahlte. Die Wolkenkratzer der Dynastien besaßen teils elegante, teils skurrile Formen, mal oval, mal konisch, mal wie Korkenzieher. Die Fassaden leuchteten in den verschiedensten Farben je nach Distrikt. Davon gab es insgesamt zehn – einen für jede Dynastie. Diese großen Familien, die aus den Megakonzernen vor der KI-Revolution hervorgegangen waren, hatten das Leben der Menschheit neu geordnet und waren zu riesigen Verteilungsmaschinen geworden, die pyramidenartig aufgebaut waren. Sie belauerten einander stets, stritten um Einfluss und hielten sich meist voneinander fern, indem sie sich auf die Verteilung neuer Kolonien einigten. Da Aetherium schnell als etwas Besonderes aufgefallen war, hatte dieses System hier zum ersten Mal versagt und man hatte ausgehandelt, dass die Hauptstadt in zehn gleichgroße Sektoren unterteilt werden würde. Die Landverteilung des restlichen Planeten sollte von einem KI-Gouvernement übernommen werden. So kam es, dass die zehn Stadtteile, aus denen sich Star City heute zusammensetzte, unterschiedliche Lichtaspekte entsprechend ihrer Wappen setzten: Im Norden glänzte der von Marquandt rötlich, daneben befand sich Steiner in Grau, dann Wakefield in Blau, Fujimoto in Weiß, Hakune in Lila, Perimasa in Grün, Jameson in Gelb, Svalla in Orange, Stvasnokje mit schwarzen Elementen und Moreau in Türkis. Die Distrikte bildeten einen dichten Ring um das Zentrum aus sieben schmucklosen runden Türmen von etwa einem Kilometer Höhe, von denen sechs einen einzigen zentralen umringten, umgeben von gepflegten Grünflächen mit exotischen Pflanzen. Der zentrale Turm beherbergte die Quantenserver der KI-Regierung, die nach strengen Regeln vom Mother Core auf Luna programmiert worden war – auf Anfrage der Dynastien – und natürlich die Universität als neutrale Institution, deren Zugang allen offenstand. Die sechs anderen dienten als Lager und Ladestationen für die vielen Roboter, die mit Rohstofftransport und Installationsarbeiten betraut waren, sowie mit der Pflege der öffentlichen Flächen. Hinzu kamen Batterielager, der Uplink für die Streams und die planetare Verteidigung, die aus mehreren Millionen AntiGrav-Drohnen bestand. Niemand wusste, in welchem der Türme die KI ihr Kriegsgerät zur Verteidigung Aetheriums lagerte, aber einer davon war bloß ein großer Zylinder voller Vernichtungspotenzial, ähnlich wie einem zu dicht besiedelten Bienenstock, der fest verschlossen war.

Charlies Kapsel bremste über der Stadt ab, wo relativ viel

Verkehr herrschte. Sein Radar erfasste über zweitausend andere Kapseln, die zwischen den Distrikten hin und her schwirrten, aber auch jede Menge Fußgänger am Boden, die durch die nächtlichen Parks flanierten. Bei seinem Ziel auf der Spitze des zentralen KI-Gebäudes herrschte rege Betriebsamkeit. Ständig kamen andere Kapseln und entfernten sich, luden Gäste ab und brachten andere zurück nach Hause oder auf ihre Landsitze. Es beeindruckte Charlie immer wieder, zu sehen, was aus der Menschheit geworden war. Die Technologie hatte ihre Primatenhirne schon vor langer Zeit überholt, und sie waren wie Kinder, die in einem Freizeitpark der Träume lebten, aber dort auch gefangen waren. Jeder verließ sich darauf, dass die Welt eben funktionierte und alles im Überfluss da war, niemand musste für irgendetwas arbeiten oder sich anstrengen. Es gab keinen Sinn mehr für Dringlichkeit, da das Leben potenziell unendlich war. Selbst wenn man bei einem der seltenen Unfälle starb, wurde das Bewusstsein hochgeladen und gespeichert und bei der nächsten Kolonisierungswelle in einen weiteren Klon geladen. Das mochte befremdlich sein für die Betroffenen, aber mit der Zeit gewöhnte man sich an alles.

»Zielanflug. Universität von Star City«, säuselte der Bordcomputer und bremste die Kapsel in einem nach unten zeigenden Bogen in Richtung eines der Landeausleger auf dem Dach des KI-Gouvernements ab. »Die Gebäudekontrolle hat Landefreigabe erteilt.«

»Ruf bitte einen Servitor, der die Ladung in mein Labor bringt.«

»Selbstverständlich, Doktor.«

Die Kapsel setzte auf dem ausladenden Kompositdeck auf und bildete einen Ausgang nach vorne. Charlie stieg aus und wurde sofort von dem wummernden Bass des Neo-Trance umspült, zu dem an der Stirnseite getanzt wurde. Die

Mitte des Dachs war von halbhohen Glaswänden gesäumt, hinter denen sich eine lange Bar befand, an der echte Menschen ausschenkten. Zwischen mehreren Bepflanzungen mit fluoreszierender Flora standen einige Dutzend Männer und Frauen in jugendlichen Hochglanzkörpern und unterhielten sich bei kunstvoll zusammengestellten Drinks oder tanzten zu den Rhythmen der synthetischen Musik. Charlie würde nie verstehen, wie diese Leute in ihren Luxuskörpern ihr unendliches Leben mit endlosen Partys vergeuden konnten. Gerade jetzt, wo die Galaxie ihnen offenstand, konnte man so viel Sinnvolles mit seiner Zeit anfangen und die Mysterien des Kosmos ergründen. Klar, die KIs waren darin sehr viel effizienter, aber wo lag darin noch der Spaß? Was gab dem eigenen Dasein Bedeutung?

Der Servitor kam bereits aus einer der Vakuumröhren, die wie Venen entlang der Fassade verliefen, auf ihn zugestapft. Der Roboter hatte vier Beine und acht morphende Arme auf einem kurzen zylindrischen Rumpf und sandte eine Erlaubnisanfrage an Charlies NanoWiz, die dieser sogleich erteilte. Daraufhin nahm der Servitor die Kiste aus der Kapsel entgegen und veränderte seine Arme und kräftigen achtfingrigen Hände. Mit seiner Last verschwand er in Richtung Fassade und Vakuumröhre, um sie in sein Labor zu bringen.

Charlie hatte derweil noch einen Umweg zu machen, klopfte sich die Kleidung ab, um sie vom Staub zu befreien, und hielt dann widerwillig, aber zielstrebig auf die Party zu. Die Gäste waren größtenteils modisch gekleidet, was bedeutete, dass sie uralte Designs aus der amerikanischen Gründerzeit trugen mit Frack und Spitzenkleidern, ausladenden Hüten und aufwändigen Bärten oder Frisuren im Falle der Damen. Der Anblick hätte an eine Mottoparty erinnern können, wären da nicht die glitzernden und leuchtenden Textiltattoos gewesen, die die Kleider der Dynastiemitglieder wie winzige Fäden durchzogen. Einige von ihnen ahmten den Puls der hiesigen Flora nach, speziell den der wandernden Bäume, die es auch in der Stadt reichlich gab. Während der ersten Bauphase von Star City hatte man unterirdische Bahnen aus Plasbeton in Ringen ausgelegt, die heute die drei Parkringe bildeten, in denen sich die Baumriesen kreisförmig bewegten. Ihr Anblick von hier oben war geradezu berauschend.

Die Gruppen von Tanzenden und Konversierenden ignorierten ihn mit seiner schmutzigen Arbeitskleidung betont und sahen entweder weg, oder hoben penibel gepflegte Augenbrauen in seine Richtung. Er kümmerte sich jedoch nicht um sie und versuchte, die nervtötende Musik auszublenden. Da sich die meisten Münder der Gäste nicht bewegten, redeten sie vermutlich über DirectLink miteinander, was der Party einen seltsam gespenstischen Anstrich verlieh.

Präsident Butterfield fand er neben einem großen Blumentopf mit drei Farangus-Farnen, deren graue Blätter den typischen blauen Schimmer absonderten, der sie so begehrt machte. Er unterhielt sich mit zwei Frauen, die, genau wie er selbst, aussahen wie Mitte zwanzig mit verführerischen Rundungen und Gesichtern, die wie gemalt aussahen. So hübsch, so langweilig.

Roger Butterfield hingegen hatte sich für einen Körper entschieden, der bereits graue Schläfen hatte und ein attraktives, leicht gealtertes Gesicht. Vermutlich sollte es Würde und Weisheit ausstrahlen, weil er sich gedacht hatte, dass ein Universitätsprofessor nun einmal so auszusehen hatte. Er trug einen cremefarbenen Anzug mit Schwalbenschwanz und einen hohen Zylinder.

»Hallo, Herr Präsident«, begrüßte Charlie seinen Vorgesetzten, der gerade über etwas lachte, was die beiden Frauen gesagt hatten und sich jetzt zu ihm herumdrehte. Charlie wurde von allen dreien von Kopf bis Fuß gemustert, und die Reaktionen reichten von Missbilligung bis Belustigung.

»Doktor Morrington«, erwiderte Butterfield die Begrüßung und runzelte die Stirn. »Falls Sie sich endlich entschlossen haben, an unseren Empfängen teilzunehmen, muss ich Ihnen sagen, dass Sie nicht die beste Garderobenwahl getroffen haben.«

Die beiden Frauen kicherten. Den grauen Abzeichen ihrer Kleider nach zu urteilen, gehörten sie zur Steiner-Dynastie.

»Ich habe etwas Wichtiges mit Ihnen zu besprechen«, sendete Charlie dem Präsidenten über DirectLink und lächelte dabei unverbindlich den Steiner-Damen zu.

Butterfield seufzte und nickte. ***»Worum geht's denn? Und kann das nicht warten?«***

»Nein, ich habe eine Entdeckung gemacht, bei der Alpha Site.«

»Lassen Sie diesen Unsinn mit den hochtrabenden Ausgrabungsnamen«, erwiderte Butterfield, und sein NanoWiz ließ die in Charlies Gehirn entstehenden Worte ungeduldig klingen.

»Wir haben eine Verbindung zwischen Ost- und Westflora hergestellt.«

»Das hat noch nie etwas gebracht, soweit ich weiß.«

»Es wurde nie probiert«, hielt Charlie dagegen.

Die beiden Frauen zuckten mit den Schultern und gingen fort.

Butterfields Miene verdüsterte sich. »Gut gemacht«, brummte dieser.

»Ich bin noch nicht fertig. Die Verbindung hat eine Durchmischung des Mineraliengemisches zur Folge gehabt. Daraus haben sich offenbar neue Molekülketten zusammengesetzt.«

»Ist es im Grunde genommen Aethericum?«, wollte der Präsident wissen.

»Ja, schon, aber …«

»Wo ist dann die große Entdeckung?«

»Darauf wollte ich ja noch kommen.«

»Na dann tun Sie es bitte auch. Sie geben nicht viel auf diese Partys, aber ich veranstalte sie, damit Leute wie *Sie* ihre Forschungsmittel erhalten.«

»Das verstehe ich«, sagte Charlie ungeduldig und hob eine Hand, um seine nächsten Worte gestenreich zu verstärken. »Bei dem Prozess sind die Universalleiter irgendwie mit dem Holz verwachsen und lassen sich nicht mehr lösen. Außerdem ist ein Stück Wurzel aus dem Erdreich abgebrochen.«

Butterfield verdrehte die Augen. *Das ist ja wohl nichts Neues,* schienen sie sagen zu wollen.

»Das Wurzelstück ist immer noch aktiv.«

»Aktiv? Was meinen Sie?«

»Das Aethericum in den Faszikeln ist noch aktiv, leuchtet und versorgt das Xylem mit Energie aus dem Mahlstrom.«

»Unmöglich!« Butterfield schüttelte energisch den Kopf. »Abgestoßene oder abgetrennte Stücke werden sofort inaktiv und vergehen in rapidem Tempo.«

»So war es bisher. Ich brauche dringend Zugang zum Labor des KI-Kerns.«

»Nein.«

»Aber das ist eine der wichtigsten Entdeckungen der …«

»Senden Sie mir den Stream«, forderte der Präsident ihn auf und sah einer Gruppe von drei Männern und zwei Frauen hinterher, die gerade an ihnen vorbeigingen. Seine Mundwinkel senkten sich und sein Blick war ungeduldig, als er zu Charlie zurückkehrte. »Machen Sie schon, ich habe zu tun.«

Charlie wies seinen NanoWiz an, seine Erinnerungen an den Moment, in dem das Wurzelstück aus der Wand brach, aus den MemoryClustern zu laden und an sein Gegenüber zu senden. Der nahm die Sendung an und sein Blick wurde für einige Sekunden leer.

»Das ist wirklich erstaunlich«, gab Butterfield schließlich zu und klopfte Charlie auf die Schulter. »Sie haben den Zugang. Bringen Sie mir Ergebnisse!« Damit ließ der Präsident ihn stehen und lief der Gruppe hinterher, die sie gerade passiert hatte.

»Ich lebe in der falschen Zeit«, murmelte er kopfschüttelnd und ging zu einer der Vakuumröhren an der Fassade. Unterwegs sandte er einen Befehl an den Servitor. Die kleine Kabine hatte sich gerade erst in Bewegung gesetzt und ihm einen atemberaubenden Ausblick auf die bunte Stadt offenbart, als sie auch schon wieder anhielt und ihn drei Etagen tiefer hinausließ. Charlie lief durch einen langen Flur, der entlang der transparenten Außenwand verlief. Dann bog er durch eine sich automatisch öffnende Tür ab zum Labor des KI-Kerns, einem großen runden Raum im Herzen der Etage, in dem es vor Maschinen nur so wimmelte. Alles war reinweiß gehalten und seine Augen mussten ihre Lichtempfindlichkeit herunterregeln, damit er nicht geblendet wurde. Anders als die normalen Labore der Universität war dieses hier mit dem KI-Kern der Stadt verbunden, die im Herzen dieses Turmes schlummerte. Sie war so mächtig und intelligent wie eine Gottheit – wenn auch eine programmierte Gottheit, die ihre Macht innerhalb der Grenzen ihrer Programmierung ausführen konnte. Schlauer und effizienter als die Algorithmen auf seiner Etage war sie aber allemal. Der Servitor traf von der anderen Seite ein und stellte die Kiste vorsichtig vor einer Bahre ab, die der KI-Kern aus dem programmierbaren Kohlenstoff erschuf, aus dem der Boden bestand. Als der Roboter die Kiste auf Charlies Wink hin öffnete, veränderte sich die Form der Basis zu einem verdrehten Halbkreis.

»Danke«, sagte er.

»Keine Ursache«, antwortete die KI über unsichtbare Lautsprecher in einer androgynen Stimme, die überaus angenehm klang. »Dies ist ein aktives Wurzelstück eines wandernen Baumes, *Sequoiadendron Aethericum*.«

»Das ist richtig.«

»Erstaunlich«, befand die KI. »Welche Art der Untersuchung wünschen Sie, Doktor Morrington?«

»Wir brauchen keine Mithörer«, gab er zurück und sah zu dem Servitor, der daraufhin inaktiv wurde. »Danke.«

»Keine Ursache. Welche Art der Untersuchung wünschen Sie, Doktor Morrington?«

»Ich weiß es nicht. Alle. Molekularstruktur, Analyse des Xylems im Vergleich mit bisherigen Probenkatalogen der Ost- und Westflora.« Er trat näher an die bizarr geformte Bahre heran und sah mit an, wie zwei Greifarme aus der Decke wuchsen, in das Innere der Kiste griffen und das Wurzelstück heraushoben und auf der Bahre ablegten. Dabei floss blaue Flüssigkeit über die metallenen Greifzangen.

»Es scheint, als handle es sich um eine aktive Substanz, die sich an der Molekularbindung meiner Werkzeuge zu schaffen macht«, erklärte die KI gelassen. »Erbitte Erlaubnis, sie von der Flüssigkeit zu befreien.«

»Erteilt.«

Die Greifarme, die sich bereits in der Rückzugbewegung in die Decke befanden, glühten auf und das blaue Aethericum verdampfte augenblicklich. Irgendwo begann ein Abzug zu rauschen.

»Keine Kontamination entdeckt«, beruhigte ihn die KI und einige neue Roboterarme bildeten sich, fuhren auf das Wurzelstück hinab und bohrten sich mit Sensorspitzen und beweglichen Fühlern in das Holz hinein.

»Hat sich der Pulsschlag in den Faszikeln gerade erhöht?«, fragte Charlie ungläubig.

»Ja, um genau vierunddreißig Prozent. Die Leitbündelflüssigkeit bewegt sich von meinen Analysefühlern fort.«

»Sie bewegt sich aktiv?«

»So scheint es«, bestätigte die KI.

»Was hast du schon herausgefunden?«

»Es handelt sich um eine neuartige Zusammensetzung von Aethericum. Scheinbar haben sich die Molekülstrukturen der Ost-Faszikel mit denen der West-Faszikel zu einer neuen Substanz verbunden. Sie weist eine ähnliche Dichte auf, strahlt leicht radioaktiv aufgrund von Meitnerium-Spuren, und …«

»Moment. Meitnerium? Das ist ein künstliches radioaktives Element«, unterbrach er die KI.

»Das ist korrekt, Doktor. Es entsteht aus dem Beschuss von Bismut durch Eisen. Bismut ist Teil des Aufbaus der Faszikel-Flüssigkeit in der Ost-Flora und Eisen Teil des Aufbaus der Faszikel-Flüssigkeit der West-Flora. Offenbar haben sich beide so verbunden, dass Meitnerium entstanden ist. Wie aber der Energiefluss vonstattengegangen sein soll, ist mir noch nicht klar.«

»Analysiere.«

»Verstanden.«

»Finde alles heraus, was du kannst.«

»Verstanden. Ich werde einige Analyseroutinen einsetzen und abkoppeln, das sollte nur wenige Minuten dauern.«

»Dieses Meitnerium, macht es irgendetwas mit der Molekülstruktur der neuen Zwittersubstanz?«, wollte Charlie wissen und starrte auf das Wurzelstück, als handle es sich um ein schlafendes Monster. Was war da unten passiert?

»Das Energieniveau liegt deutlich höher und … ah, interessant.«

»Was ist?«, fragte er ungeduldig.

»Die Flüssigkeit hat sich verhärtet und ist in einen meiner

Sensorfühler eingedrungen. So wie es scheint, verbindet sie sich gerade mit meinem Datenstrom.«

»Was? Das ist doch unmöglich?«

»Nein, ist es nicht«, verneinte die KI. »Das Faszikulat hat den QBit-Code imitiert und erforscht meine Datenstruktur. Allerdings ist es recht unbeholfen, und ich konnte den betroffenen Bereich mit einer Firewall eingrenzen. Es besteht keine Gefahr.«

»Wie ist das möglich?«

»Das Energiepotential steigt beständig, und die Quantensignatur des Objekts ist so vielfältig und komplex, dass ich davon ausgehe, dass das Baumnetzwerk aktiv mit diesem Wurzelstück in Verbindung steht.«

»Aber das kann nicht sein, da wir von den Bäumen wissen, dass sie lediglich über Stoffaustausch rudimentär kommunizieren, ähnlich der Bäume und Pilze auf der Erde, als es die noch gab.« Charlie trat näher an das Wurzelstück heran, das wie ein künstliches Objekt aus blauer Leuchtfarbe und knorriger Rinde vor ihm lag, verdreht und tot und gleichzeitig lebendig und pulsierend.

»Ich habe das Muster der Energiespitzen mit dem der orbitalen Anlagen zur Subraumenergiegewinnung verglichen …«

»Du meinst den Mahlstrom?«

»Das ist korrekt. Ich habe das Muster der Energiespitzen in dem Objekt hier mit dem der orbitalen Anlagen zur Subraumenergiegewinnung verglichen und sehe eine direkte Korrelation. Ich errechne eine zweiundsiebzigprozentige Wahrscheinlichkeit dafür, dass dieses Objekt hier über den Orbit mit dem Rest seines Netzwerks in Kontakt steht.«

»Ist das gefährlich?« Charlie kam sich schon beim Ausspruch der Frage unendlich dumm vor.

»Ich sehe keine direkte Gefahr, nein. Die Energiemenge,

die das hier vorliegende Xylem aufnehmen kann, ist stark begrenzt, insofern ist damit auch die Anzahl möglicher Gefahren begrenzt. Dieser Raum ist hermetisch versiegelt und kann jederzeit auf drei Komma zwei Millionen Grad erhitzt werden«, erklärte der KI-Kern ruhig.

»Sehr beruhigend.«

»Machen Sie sich keine Sorgen, Doktor Morrington.«

Der Präsident wird das Ding sofort zerstören, wenn er davon erfährt, dachte Charlie. Sein Vorgesetzter war immer bloß darauf bedacht, dass die Universität ihren Ruf als Freizeitspaß des Dynastienachwuchses nicht verlor – und seine Position damit gesichert war. Wenn herauskam, dass die einheimische Flora ein Mysterium wie dieses hervorgebracht hatte, würde er es zerstören, damit seine Geldgeber keine Gefahr für ihre Sprösslinge rochen. Dabei musste er noch weitere Untersuchungen vornehmen, und zwar ungestört.

»Gibt es Einschränkungen im Transport des Objekts?«

»Sie meinen, ob es protokollarische Einschränken gibt, wenn Sie das Objekt transportieren möchten?«

Verdammt, warum ist der Kern so verflucht intelligent?

»Ja«, gab er schließlich zu.

»Ich kann eine vakuumversiegelte Transportbox herstellen, die sich nicht in bewohntem Gebiet öffnen lässt«, sagte die KI. »Ich sehe zwar keine direkte Kontaminationsgefahr, aber meine Programmierung erlaubt es nicht, ein noch so geringes Risiko einzugehen.«

»Dann machen wir es so«, sagte Charlie und wusste schon ganz genau, wohin er gehen würde. Die Wahl seines Labors war immerhin frei, und er verstieß gegen keine Institutsvorschriften, wenn er es tat. »Hast du den Präsidenten bereits informiert?«

»Ja, aber sein NanoWiz ist auf ›nicht stören‹ eingestellt.«

»Also gut, dann los.«

Kapitel 7

Soroush

Erde, Seattle

»Es ist verrückt, das ist euch schon klar, oder?«, fragte Shaka und schüttelte den Kopf. »Wir kommen vielleicht rein, aber nicht mehr raus.« Sie sah erst zu Soroush und blickte ihn mit einem Du-müsstest-das-wissen-Blick an, bevor sie Cheileen musterte. »Und du? Ich dachte immer, dass ihr Unsterbliche schlauer wärt als wir. Offenbar habe ich mich getäuscht.«

»Wenn Sie das meinen«, erwiderte die unbeeindruckt. Sie saßen in einem ehemaligen Regieraum des Stadions auf einer verschimmelten Matratze, umgeben von lange inaktiven und teilweise zerstörten Flachbildschirmen. Soroush hatte nicht erwartet, dass Cheileen sich freiwillig dazu herablassen würde, sich hier aufzuhalten. Der Raum war nicht wirklich schmutzig mit erstaunlich wenig Abfall in den Ecken, einigem zerbröseltem Putz und ausschließlich schwarzem Schimmel. Für jemanden aus dem Orbit galt aber vermutlich eine andere Sichtweise. Peeps stolzierte unablässig hin und her und putzte sich immer wieder das verfilzte Kunstfell. Er wünschte, sie würde das endlich lassen.

»Wer einmal reingeht, kommt nie wieder raus. Das ist die Regel«, sagte Shaka, die im Schneidersitz vor ihnen saß, das lange Scharfschützengewehr quer auf die Beine gelegt. Ab und zu streichelte sie gedankenverloren über den Lauf und schien es nicht einmal zu bemerken.

»Dann werden wir die Regel ändern«, befand Cheileen.

Die beiden Frauen musterten sich einen Augenblick lang, zwei so unterschiedliche Gestalten wie Feuer und Wasser.

Schließlich grinste Shaka. »Gefällt mir. Vor allem, da wir mit deiner Tech, die du sicher verbaut hast, ziemlich gut aufräumen können da unten.«

»Das könnte … *schwierig* werden«, warf Soroush ein. »Offenbar gibt es Probleme, was ihre Fähigkeiten in der Nähe des Aethericums angeht.«

»Sie sind zumindest eingeschränkt«, räumte Cheileen ein und sah zu Shaka. »Aber nicht, weil meine *Tech* nicht funktionieren würde. Es ist etwas komplizierter als das.«

»So?«

»Das muss uns nicht interessieren.«

»Doch, das muss es.«

»Ich denke nicht.«

»Hör mal«, knurrte die Scharfschützin und beugte sich vor. »Wenn du unsere Hilfe willst, musst du mit uns reden.«

»Muss ich nicht«, widersprach die Unsterbliche und seufzte milde. »Das Problem ist eher politischer Natur. Drei Dynastien sind im Orbit verblieben, und alle drei haben sich geeinigt, die Erträge der Seattler Mine unter sich aufzuteilen und nicht zu intervenieren.«

»Eine Einigung, um die Machtverhältnisse geregelt zu haben«, dachte Soroush laut. »Darum schickt ihr keine eigenen Roboter runter. Ihr habt euch auf ein Patt geeinigt.«

»Deswegen lebt in Seattle überhaupt noch jemand«, korrigierte Shaka ihn, ohne die Frau aus dem Orbit aus den Augen zu lassen. »Ihr könntet jederzeit das Aethericum selbst abbauen, stimmt's? Die ganzen Gerüchte, dass euer High-Tech-Zeug in der Nähe des Erzes nicht funktioniert, sind also ein Mythos.«

»In gewisser Weise schon, ja.«

»Triffst du ab und zu auch mal klare Aussagen?«

»So etwas wie: *Wenn Sie uns nicht helfen, werde ich Sie töten müssen, weil Sie uns verraten könnten?*« Die beiden Frauen funkelten sich einen langen Augenblick an und Soroush fürchtete schon, sie würden sich gegenseitig an die Gurgel gehen. Schließlich entspannte Shaka sich und lachte schallend.

»Du könntest glatt noch eine von uns werden.«

»Warum werde ich das Gefühl nicht los, dass Sie das als seltsames Kompliment betrachten?«

»Können wir jetzt über unseren Plan sprechen?«, ging er dazwischen, da ihm langsam aber sicher die Geduld abhandenkam.

»Wir gehen als Schürfer rein«, antwortete Shaka gebieterisch. »Vorne an der Winde.«

»Aber dann kriegen wir keine Waffen mit rein!«

»Da unten arbeiten nur Kranke und echt fertige Leute. Selbst die Ganger überleben dort selten länger als ein Jahr oder zwei. Du glaubst doch nicht, dass du mit all deinen Augmenten unbedingt einen Schießprügel brauchst, um deine Meinung durchzusetzen.«

»Gefällt mir trotzdem nicht«, brummte Soroush.

»Anders wird es schwer, reinzukommen. Also machen wir es so.«

»Ich bereue jetzt schon, dass ich dich dazu geholt habe«, seufzte er, und sie grinste ihn unverschämt an.

»Dann habe ich ja alles richtig gemacht. Vergiss nicht: Deal ist Deal! Die Hälfte der Bezahlung gehört mir.«

»Toll, diese Frau«, bemerkte Peeps und Soroush warf ihr einen sauren Blick zu. Die Robokatze hob pikiert den Kopf und ließ sich in einer Ecke nieder.

* * *

Etwa eine Stunde später standen sie zwischen zwei ausrangierten U-Bahn-Waggons am Rand des Kraters und blickten in die Tiefe hinab. Die langgezogenen Abteile waren zerbeult, komplett durchgerostet und vermutlich seit Jahrhunderten ohne Glas. Sie waren so uralt, dass der Rost an einigen Stellen bereits Löcher in den Stahl gefressen und der saure Regen die Dächer halb aufgelöst hatte. Doch sie reichten noch immer aus, um ihnen einen gewissen Sichtschutz vor den Patrouillen des organisierten Verbrechens zu bieten, die den Rand des Blauen Sees eifersüchtig hüteten. Es war nicht lange her, dass übermütige Ganger und Halbstarke sich einen Spaß daraus gemacht hatten, Geschosse und alle möglichen Dinge in den Krater zu schießen. Heute tat das niemand mehr, und ganze Hundertschaften aufgeknüpfter Straßenkids und Übermütiger an Galgen rings um den Rand sorgten dafür, dass das auch so blieb. Zwar waren die meisten längst nicht mehr als Skelette, aber die Wirkung blieb dennoch unverändert.

Der Blick auf den Blauen See war zunächst verwirrend: Überall leuchtete es bläulich, wo das Aethericum in Kristallen aus dem Boden spross und doch war alles voller Schatten. Natürlich handelte es sich nicht wirklich um Schatten, sondern um Gebäude, die keine Fenster hatten und nach dem Einschlag von Kassandras Komet hastig hochgezogen worden waren mit dem wenigen Wissen und den kaum vorhandenen Ressourcen, die zur Verfügung gestanden hatten. Der Krater war nicht besonders tief – in der Mitte vielleicht fünfzig Meter, doch die Wände schroff und unwegsam und dazu rutschig vom ständigen Regen. Abgesehen davon, dass niemand freiwillig da hinunter wollte, war es kaum möglich, unversehrt dort anzukommen, wenn man nicht eingeladen war. Eingeladen waren ausschließlich die Zwangsarbeiter, von denen schätzungsweise eine niedrige sechsstellige Zahl mit Bohrern und Spitzhacken das blaue Mineral aus dem Boden zu schlagen versuchte. An den Rändern auf der gegenüberliegenden Seite befanden sich winzige Fäden, die zwischen Stadt und Krater gespannt zu sein schienen. Soroush wusste, dass es sich dabei um die Seilwinden handelte, über die das abgebaute Aethericum hinaufgeschafft und dann zu den Landepads im östlichen Brachland transportiert wurde. Sie waren bloß so weit entfernt, dass sie zarter wirkten als Spinnenseide. Er sah zu Shaka und Cheileen, die beide in weite, halb zerschlissene Mäntel gehüllt waren und schmutzige Mützen auf dem Kopf trugen. Sie stanken und sahen aus wie eine Mischung aus Tier und Obdachlosen, also in etwa so wie die Squatter, aus denen die Schürfer zwangsrekrutiert wurden. Er selbst fühlte sich nackt ohne seinen Colt Ruger und kam nicht umhin, sich darum zu sorgen, dass er in Shakas Versteck im Stadion doch irgendwie gestohlen werden konnte.

»Fühlt sich immer noch nicht wie eine gute Idee an«, murrte er, und die beiden Frauen wandten sich zu ihm um. Ihre Mienen zeigten eine Mischung aus Belustigung und Geringschätzung.

Das ging ja schnell.

»Es war nicht deine, also ist sie vermutlich gut«, gab Shaka zu bedenken und schenkte ihm ein süffisantes Lächeln.

»Ach komm, diese Sache mit Pomona ist jetzt schon fünf Jahre her! Das kannst du mir nicht ewig vorhalten!«

»Ein Esel, zwei Kilo Plastiksprengstoff und ein Gummihandschuh«, zählte sie auf und sah zu Cheileen, die bloß eine Braue gehoben hatte. »Klingt das für dich nach einem tollen Plan?«

»Das klingt krank genug für mich, um nicht weiter nachfragen zu wollen.«

»Siehst du?« Shaka schnaubte und Soroush warf ergeben die Hände in die Luft, als sie plötzlich von einem intensiven gelben Licht umflutet wurden. Das Heulen eines lauten Verbrennungsmotors ertönte, und der unverkennbare Klang von schweren Waffen, die durchgeladen wurden, drang an ihre Ohren.

»Umdrehen, verdammte Ratten!«, brüllte jemand heiser und Soroush warf Shaka einen letzten mürrischen Blick zu, bevor sie sich mit erhobenen Händen umdrehten. Sie sahen direkt in die aufgepflanzten Scheinwerfer eines Pick-ups, der aus selbstgebautem Motor und Metallplatten zusammengeschustert worden war. Auf der Ladefläche war ein Kaliber .50 Maschinengewehr montiert, das auf sie gerichtet war, und zwei Gestalten mit langen Gegenständen in den Händen waren aus der Fahrerkabine gestiegen. Sie traten hinter den offenen Türen hervor und kamen näher. »Habt euch wohl verlaufen, was?«

»Is da free Plaza ho, ne?«, fragte Shaka in einwandfreiem Citydialekt. »Non killa me compas, porfo!«

»Verschwinde, warte zu Hause«, zischte Soroush Peeps an, die sich unter dem alten U-Bahn-Waggon neben ihm duckte und mit großen Augen hinausspähte.

»Ich finde dich da unten«, antwortete sie blechern, und er wollte etwas Wütendes erwidern, doch sie war bereits auf lautlosen Pfoten verschwunden.

Scheiße.

»Halt dein dummes Maul«, rief der Kerl, der von der Fahrertür auf sie zu kam. Seinem sauberen Englisch nach zu urteilen handelte es sich bei ihm nicht um einen Ganger. Er kam mit seinem Kumpel näher, zwei mattschwarze Silhouetten, die von dem Licht der Scheinwerfer umflutet wurden wie zwei Abziehbilder. »Ziemlich bescheuert, sich hier aufzuhalten. Habt wohl zu viel Freizeit, huh?«

»Non compro, Migo. Haben just Visé gelooked«, wehrte Shaka ab, und ihre Imitation einer brüchigen, angsterfüllten Stimme war so beeindruckend, dass Soroush sie staunend von der Seite ansah. Cheileen hingegen musste sich ganz offenbar bemühen, einen unsicheren Gesichtsausdruck aufzusetzen.

»Ich bin Diego, das ist Delane«, stellte sich der große, massige Sprecher vor. Er war jetzt so nahe, dass man Details erkennen konnte: ein fettes Gesicht, das von roter Schwefelätze mit hässlichen Pusteln bedeckt war, und eine kastenförmige Gestalt in einem durchsichtigen Plastikmantel mit Blutflecken und Haarresten, unter dem er bloß fleckige Unterwäsche trug. Sein Kompagnon war kleiner und trug Duster und Hut, sodass sein Gesicht im Schatten lag. Beide hielten lange Taser in den Händen, dunkle Stangen, an denen blaue Entladungen entlang blitzten. »Und wir sind eure neuen Arbeitgeber.«

»Worka-Rabotnik?«, fragte Shaka dümmlich und Soroush zog scheinbar eingeschüchtert die Schultern ein.

»Ja, Worka-Rabotnik du Scheißgossenvogel!« Diego lachte dreckig und versetzte ihr einen Schlag mit dem Taser. Die Crawlerin begann heftig zu zucken und stürzte auf den Boden, wo sie sich wie in einem epileptischen Anfall abwechselnd zusammenkrümmte und durchbog. Soroush meinte, sie zwischen den geknurrten Schmerzlauten kurz genüsslich grinsen zu sehen und verdrehte die Augen. Der große Fleischhaufen sah nacheinander Cheileen, die den Kopf gesenkt hielt, und ihn an. »Wollt ihr auch eine kleine Kostprobe aus meinem Meinungsverstärker?«

»Ja, Diego, balla sie vom Paneten!«, johlte der andere – Delane.

»Das heißt *Planeten* du Vollidiot«, brummte der Angesprochene und winkte ihn herbei. »Fessel sie und pack sie auf die Ladefläche. Die sehen gesund genug aus, um noch ein paar Wochen arbeiten zu können.«

Delane nickte eifrig und kam um sie herumgelaufen, um sie mit rostigen Handschellen zu fesseln. Da er allerdings nur zwei dabeizuhaben schien, versuchte er es bei Soroush mit einer Fessel aus schimmeligem Seil. Es saß so schlecht, dass er spürte, sich mühelos befreien zu können. Nach einem Wink von Diego beeilte sich Delane, die stöhnende Shaka auf die

Beine zu heben, was er nur dadurch schaffte, dass sie nachhalf und es so aussehen ließ, als täte er es ganz allein. Mit ihren Augmenten wog sie vermutlich doppelt so viel wie der Prügelknabe. Wie Nutzvieh wurden sie daraufhin zum Pick-up getrieben und mussten dort unter Drohungen und Tritten auf die Ladefläche krabbeln, wo sie sich zu Füßen des MG-Schützen hinkauerten und die Köpfe unten hielten.

Diego und Delane gingen zurück zur Fahrerkabine, stiegen ein und der rumpelnde Motor röhrte auf, als sie mit kratzenden Reifen losrasten. Soroush wurde heftig gegen Shaka geworfen und landete mit entfesselten Händen auf ihr. Ihre Gesichter befanden sich für einen Augenblick nur wenige Zentimeter voneinander entfernt, und er konnte einmal mehr riechen, dass Drogerieartikel wie Zahnpasta schon seit Jahrhunderten nicht mehr existierten. Nach einem langen Blick verzog sich ihr Mund und sie schubste ihn unsanft zurück. Er sah rasch auf zu dem MG-Schützen, der durch den lauten Motor und das aufgeworfene Gestein, das gegen die Radkästen hämmerte, scheinbar nichts gehört hatte. Also schob er seine Hände wieder hinter seinen Rücken und versuchte, das lose Seil um die Gelenke zu wickeln, so gut es eben ging.

Der Wagen rumpelte über das Geröll und schüttelte sie heftig durch, bis sie endlich eine Straße erreichten. Soroush war mittlerweile schwindelig und übel von dem Auf und Ab und Hin und Her, und er musste sich konzentrieren, um sich nicht zu übergeben.

»Es wäre so einfach«, knurrte Shaka zwischen ihren feuchten schwarzen Haarsträhnen hindurch, die ihr Gesicht wie ein Schleier verhüllten. Er konnte lediglich ihre Zähne in der Dunkelheit aufblitzen sehen.

»Shaka«, zischte er drohend in ihre Richtung und verzog den Mund, als sie über ein Schlagloch rumpelten und er einen heftigen Schmerz durch die Wirbelsäule fahren spürte. Er kannte sie gut genug, um zu wissen, wie unberechenbar ihr Temperament war. »Nicht.«

»Wenigstens den MG-Schützen!«

»Nein!«

»Geht auch ganz schnell.«

»NEIN!«, blaffte er so laut, dass er selbst zusammenzuckte und aufsah. Doch der Mann an dem Geschütz schien noch immer nichts mitzubekommen.

»Sie spielt nur mit dir«, bemerkte Cheileen ruhig. Sie hatte den Blick gehoben und sah ihn mitleidig an.

»Was?«

»Du verstehst nicht besonders viel von Frauen, oder?«

»Zumindest nicht von dieser«, brummte er und funkelte Shaka missbilligend an. »Bleib ruhig, bis wir unten sind, klar?«

»Tust du mir sonst was an?«, gurrte sie, und er seufzte ergeben.

»Keine Belohnung der Welt ist dieser Job wert.«

»Ich könnte dich erschießen, und wir müssen nicht teilen«, schlug Shaka vor und warf Cheileen einen Seitenblick zu. Die Unsterbliche zuckte bloß mit den Schultern, ohne Soroush aus den Augen zu lassen.

»Keine Belohnung der Welt«, wiederholte er und lehnte sich gegen die grob zusammengeschweißte Seitenverkleidung des Pick-ups. Die restliche Fahrt führte sie in Richtung Norden entlang des Blauen Sees, und das MG wurde insgesamt nur drei Mal abgefeuert, was dafür sprach, dass es eine recht ruhige Nacht im Norden Seattles war. Es regnete nicht mehr, was hoffentlich ein gutes Omen war. Doch da es so etwas in dieser Stadt nicht gab, wollte er lieber nicht darauf setzen.

Wie sich bald herausstellte, sollte er mit dieser pessimistischen Einstellung recht behalten. Der Wagen hielt klappernd und hustend vor einer freien Fläche von der Größe eines Footballfeldes direkt am Krater. Links und rechts standen die nackten Gerippe eingefallener Reihenhäuser, die beim Impakt des Kometen halb zerfetzt worden waren. Wo die Fassaden nicht von Schimmel und Algen übersät waren, konnte man noch die Rußspuren von damals sehen, die sich fest in den freigelegten Beton eingebrannt hatten. Mehrere Fahrzeuge standen in einem Halbkreis vor der freien Fläche und fluteten sie mit ihren Scheinwerfern, die teilweise stark flackerten. Vor dem Rand zum Krater knieten einige Dutzend abgerissener Gestalten in dunkler Kleidung. Ihre Köpfe waren gesenkt, während mehrere Ganger hinter ihnen einhergingen und Fesseln lösten. Andere standen mit leichten Waffen in einem weiten Halbkreis dahinter und sorgten dafür, dass niemand davonlaufen konnte. Wer es doch tat, wurde direkt erschossen, und das laute Knattern der Waffen peitschte wie ein Hieb auf die verängstigten Gefangenen hinab. Die meisten von ihnen waren vermutlich einfach von der Straße aufgesammelt worden. Zur falschen Zeit am falschen Ort eben, oder bei einer Hausdurchsuchung der örtlichen Gang mitgenommen und dann an Mafia, Wory oder Yakuza verkauft. Soroush schätzte, dass es sich bei ihren Kidnappern um Wory handelte. Die Russen hatten einen unverkennbar gewalttätigen Stil, der meilenweit von der aufgesetzten Ehre der Japaner und dem schmierigen Elitarismus der Italiener entfernt war.

Shaka, Cheileen und er wurden mit groben Stößen in Richtung der anderen Unglücksraben gestoßen und dann mit Schlägen in die Kniekehlen zum Knien gezwungen. Da sie sich ganz rechts der Gefangenen befanden, konnten sie frei in den Blauen See hineinsehen. Direkt unter ihnen befanden sich vier kastenförmige Plasstahl-Häuser, deren Dächer beinahe so hoch hinauf ragten wie der Kraterrand. Drei mannshohe Kräne mit gespannten Seilen verbanden den Fuß der

Häuser mit der freien Fläche hier oben bei ihnen. Dicke Käfige aus rostigem Metall hingen daran und ihre offenen Türen erinnerten ihn an die Mäuler gefräßiger Monster.

All den Männern, Frauen und erschreckend jungen Kindern links von ihnen, die dahockten und teils zitternd, teils apathisch auf ihr Schicksal warteten, war eines gemeinsam: Sie wussten ganz genau, dass sie eine Reise ohne Wiederkehr antraten. Diejenigen, die versuchten fortzulaufen und dabei erschossen wurden, hatten vermutlich den leichteren Ausweg gewählt. Niemand, der einmal in den Minen arbeitete, kam jemals von dort zurück. Man lebte und starb dort – falls man es überhaupt *Leben* nennen konnte. Atmen, essen und schlafen, ja, aber das war auch schon alles, was neben der Arbeit stattfand. Soroush wusste es von vielen Nächten, in denen er mit seinem alten Feldstecher beobachtet hatte, was da unten vorging. So stellte er sich die Hölle vor. Keine besonders schöne Aussicht für sein Leben in den nächsten Stunden oder gar Tagen, aber die Belohnung, die Cheileen Marquandt in Aussicht gestellt hatte, würde jeden schwach werden lassen. Ein Ausweg.

»Los ihr verdammten Gossenratten, hoch mit euch!«, blaffte sie ein Kerl mit rollendem russischem Akzent an. Er kam von der Seite und trat ihnen nacheinander heftig in die Seite. Er wäre beinahe gestürzt, wenn Shaka sich nicht gegen ihn gelehnt hätte. So rappelten sie sich auf und reihten sich in die Kolonne ein, die aus den in Bewegung geratenen Gefangenen entstand und sich vor den Käfigen an dem rudimentären Flaschenzug versammelte. Nacheinander wurden jeweils zehn Personen in jeden Käfig gestopft, so dicht aneinander, dass sie sich kaum noch bewegen konnten. Stumm und mit leeren Blicken streckten einige ihre Hände durch das Gittergeflecht, als wollten sie flehen, ohne jedoch genügend Kraft dafür aufbringen zu können.

Als sie an der Reihe waren, standen sie vor einem der Kräne und lauschten dem Kratzen und Jaulen des Stahlseils, an dem die leeren Käfige hochgezogen wurden. Mit jedem Meter, den sie näher kamen, war unausweichlicher, dass sie es wirklich durchziehen würden. Sie verließen sich ausschließlich auf die Vorteile ihrer Augmente, ohne Waffen oder einen Plan, wie genau es da drinnen aussehen würde. Einen Vorgeschmack hatten sie jetzt zumindest schon bekommen, und es war genauso schrecklich, wie er es sich ausgemalt hatte.

Ein Blick nach unten verriet ihm, dass im blauen Schimmer des Aethericums, der den gesamten Krater wie eine Art diffuses Gas zu fluten schien, Minenwärter damit beschäftigt waren, die neu eingetroffenen Arbeiter wie Vieh in Kleingruppen davonzutreiben.

»Na, halten Sie es noch immer für einen guten Deal, dass die Stadt für Sie das Zeug abbaut? Denken Sie noch immer, dass Sie und Ihre Dynastien uns hier unten am Leben halten, und wir Ihnen dankbar sein sollten?«, fragte er mit kaum verhohlener Verachtung in der Stimme in Richtung Cheileen, die direkt neben ihm stand und ungerührt abwartete.

»Ich bin gerade dabei, meine Ansichten zu überdenken«, gab sie flüsternd zu.

Kapitel 8

Charlie

Aetherium, östliche Gebiete

Charlie betrachtete die wandernden Wälder unter sich, die wie ein blauer Schimmer über der dunklen Landschaft lagen, ein Teppich voller Wunder, welcher der Menschheit noch heute Rätsel aufgab. Im Osten veränderte sich das Schimmern zu einem konvulsivischen Zucken. So stellte er sich ein Herz mit Herzrhythmusstörungen vor. Dieses Pulsieren, das gemeinhin als Aether-Pulse bezeichnet wurde, gehörte zu einem der vielen ungeklärten Wunder dieses Planeten. Er fragte sich, ob es mit der Verbindung über die Verwerfung hinweg zusammenhing.

Die ersten Siedler, die Aetherium über den Link erreicht hatten, mussten sich wie *Alice im Wunderland* gefühlt haben. Manchmal fantasierte Charlie darüber, wie es gewesen sein musste, in einem Klonkörper von sich selbst aufzuwachen und zu wissen, dass er über zwanzig Jahre von den Robotern der automatisierten Kolonieschiffe aufgepäppelt worden war. Dann öffnete er seine Augen und fand sich in einer Welt wieder, die einen Orbitalring aus wundersamen Biomaschinen besaß, blau leuchtende Bäume, die über die Kontinente wanderten und jede Menge wundersame Tiere. Die genetischen Veränderungen, die ein Leben auf Aether erforderlich gemacht hatte, waren ein zweiter Faktor: Der Körper, den man hier besaß, war zwar ein perfekter Klon jenes Körpers, von dessen Material auf der Erde er gezüchtet worden war, aber doch an vielen Stellen massiv verändert. Da waren die unterschiedliche Atmosphärenzusammensetzung mit erhöhten

Sauerstoffgehalt, die eine verbesserte antioxidative Wirkung von Fettsäuren in der Blutbahn erforderlich gemacht hatten. Oder die fehlenden Spurenelemente, die der Mensch brauchte. Deren Wirkung musste irgendwie kompensiert werden. Darüber musste er sich allerdings keine Sorgen machen, denn dafür hatten sie schließlich die KIs und ihre Biolabore.

Die Kapsel beschleunigte auf knapp unter Schallgeschwindigkeit und schoss über die Wälder in Richtung des Beckenridge-Massivs dahin, dessen südliche Ausläufer beinahe dreitausend Meter erreichten und eine natürliche Wetterbarriere bildeten. Dahinter begann es zu regnen, und er wurde von dichten Wolken eingehüllt, als würde er durch Nebel geistern. Die Kugel drehte nach Westen ab und stieg mit achtzehn Fuß pro Sekunde, bis er aus der dunklen Watte aus Wasserdampf aufstieg und den Nachthimmel wiedersah. Das Leuchten der Sterne war hell und glitzerte geradezu aufdringlich und gleichzeitig wunderschön, da das sanfte Licht der Flora von Aetherium gedämpft wurde und die gesamte Pracht des Bandes der Milchstraße hervortrat – abgesehen von dem Schatten natürlich. Der schwarze Fleck am Himmel war scharf umrandet und bedrohlich und gleichzeitig ein so normaler Anblick geworden, dass er irgendwie dazu gehörte. Gruselig zwar, aber auch etwas, an das man sich gewöhnte.

Wie eine Murmel, die über Watte rollt, glitt die Kapsel über dem Meer aus Wolken dahin, die sanft vom Licht der Sterne und der beiden Monde Eudore und Eunike beschienen wurden. Charlie stieg immer höher auf die nördlichen Gipfel des Beckenridge-Massivs zu, wo sein Ziel lag, das er über die Sensoren bereits sehen konnte. Die Kapsel blendete einen rechteckigen Ausschnitt vor der transparenten Kugel ein, auf der das Observatorium von Prof. Dr. Friedrich Schellen rasch größer wurde. Es sah aus wie eine martialische Waffe: eine perfekte Kugel, die aus dem Berggipfel hervorwuchs wie ein eingeschlagenes Geschoss, aus dem ein konisches Objekt ragte.

Wie aufgespießt, dachte Charlie. Ein treffendes Bild, war dieser Ort doch so verloren, wie es die Ferne zu jeglicher Zivilisation vermuten ließ. Niemand interessierte sich noch für die Sterne, diese unerreichbaren Orte in der Galaxie, pulsierende Fusionsreaktoren von unfassbarer Größe. Als der Traum von bemannter Raumfahrt die Menschheit noch elektrisiert hatte, hatten sie wie Magnete auf die menschliche Fantasie gewirkt. Dann war irgendwann klar geworden, dass Körper aus Fleisch und Blut den Gefahren und Widrigkeiten bemannter Flüge durchs Vakuum einfach nicht gewachsen waren. Strahlung, psychische Belastung und vor allem der gnadenlose Zahn der Zeit hatten dem einen Strich durch die Rechnung gemacht – ganz abgesehen von den horrenden Kosten. Roboter hatten diese Probleme nicht, also hatten sie die letzte Grenze der Menschheit erforscht. In Charlies Augen war es genau dieser Vorgang gewesen, der seiner Spezies die Fähigkeit zu träumen und für große Visionen das Unmögliche zu vollbringen, endgültig fortgenommen hatte.

Die Kapsel setzte auf dem kleinen Landepad auf, das seitlich aus der Kugel wuchs wie ein Baumpilz. Friedrichs Kapsel hing in ihrer Ladestation auf der linken Seite. Charlie stieg durch die Öffnung aus, die sich vor ihm gebildet hatte und eilte durch einen erstaunlich scharfen Wind in Richtung des Eingangs. Die Luft war in dieser Höhe sehr dünn, und selbst seine Hochleistungslungen hatten Schwierigkeiten, den Sauerstoffbedarf seines Organismus zu decken, obwohl er bloß ein knappes Dutzend Meter zu überwinden hatte. Er zog den Kragen seiner Jacke hoch und den Kopf ein, bis sich vor ihm endlich die Tür auftat und er durch die kurze, reinweiße Luftschleuse ging, die sich auf der anderen Seite nach wenigen Sekunden öffnete.

»Komm rein, ich bin oben auf der Plattform«, hörte er Friedrich durch unsichtbare Lautsprecher rufen. Charlie betrat das Innere der Kugel, die fünfzig Meter durchmaß und eine riesige Sphäre aus Holoschirmen bildete, die über die Wände glitten und lauter Formeln, Daten und Analyse-Diagrammen zeigten. Eine Wendeltreppe in der Mitte schraubte sich zu einer freischwebenden Plattform hinauf, von der aus das gigantische Teleskop wie ein Splitter durch die Decke ragte. Weitere Holoschirme umgaben die Plattform und bildeten eine Art Brüstung aus Lichtimpulsen ringsherum.

Oben angekommen fand er seinen Freund vor dem Objektiv wider. Er war hochgewachsen und recht hager für einen Unsterblichen, was vermutlich an seiner ungesunden Lebensweise lag, vor deren Auswirkungen einen auch die besten Gene nicht bewahren konnten.

»Ah, Charlie, mein Lieber!« Friedrich drehte sich um, das Gesicht eingefallen, aber die Augen unter dem grauen Haaransatz wach und funkelnd wie eh und je. Sie umarmten sich zur Begrüßung. »Was führt dich in mein bescheidenes Heim?«

»Ich brauche mal wieder ein Glas Wein«, befand Charlie und lächelte müde.

Der Astronom nickte verstehend und deutete auf die Bank aus Polysmart am Rand der Plattform. Die programmierbaren Polymere veränderten sich von einem stumpfen Quader zu einem gemütlich aussehenden Sofa, das zum Verweilen einlud. »Außerdem habe ich etwas Interessantes mitgebracht, das mir auch Angst macht.«

»Setz dich doch erstmal.«

»Danke.«

Sein Freund ging zu dem Replikator auf der anderen Seite und entnahm der tonnenförmigen Maschine zwei Gläser mit Rotwein, bevor er zurückkehrte, eines davon Charlie reichte und sich neben ihn setzte. Umgeben von den leuchtenden Holoschirmen und der sphärenhaften Kugel ringsherum war es beinahe, als schwebten sie in einem eigenen Universum.

»Hat man dir wieder die Mittel gekürzt?«, wollte Friedrich wissen und lächelte mitleidig.

»Nein.« Charlie schüttelte den Kopf und starrte in sein Weinglas. »Wir haben ein weiteres Fossil freigelegt und ein Wurzelstück eingesammelt.«

»Ah.«

»Ich weiß, klingt nicht besonders spannend, aber wir haben etwas Interessantes entdeckt: Offenbar handelt es sich um einen von einem anderen ermordeten Aether, was bisher ein Novum darstellt – und das Wurzelstück ist noch aktiv.«

»Na ja, ihr habt ja auch noch nicht besonders viele Fossilien gefunden, oder?«

»Schon«, gab Charlie zu. »Allerdings ist dies trotzdem das erste Zeichen dafür, dass es sich offenbar nicht um ausnahmslos friedliche Aliens gehandelt hat. Aber das Wurzelstück …«

»Es ist noch aktiv, sagst du? Das wäre das erste Mal, dass ich davon höre.«

»Ist es auch. Es befindet sich in der Kapsel.«

»Ich schicke einen Servitor, um es zu holen. Deshalb bist du doch eigentlich hier, oder?«

»Ja.« Charlie nickte.

»Ein weiteres Rätsel der Engel«, sinnierte Friedrich und nippte an seinem Shiraz. »Zu schade, dass wir sie um ein paar tausend Jahre verpasst haben. Jetzt, wo Zeit kaum noch eine Rolle spielt, kommt es mir wie ein Fingerschnippen vor. Was es kosmisch gesehen auch ist.«

»Oh ja, könnte ich doch bloß mit ihnen sprechen.«

»Was würdest du sie fragen?«

»Warum ihre Schädel so klein sind, zum Beispiel. Wie konnte eine Spezies mit einem so relativ kleinen Denkapparat sich so weit entwickeln? Wie haben sie das ohne auf Hochspannung basierender Technik geschafft? Wie haben sie den Mahlstrom in den Orbit gebracht? Woraus besteht ihre Verbindung zu der Vegetation des Planeten? Warum teilen sie sich DNA? Weshalb haben sie sich gegenseitig umgebracht?« Charlie winkte ab. »Die Liste ist unendlich lang.«

»Ich würde sie fragen, was es mit dem Schatten auf sich hat.«

»Natürlich würdest du das.«

»Wir wissen nichts über ihn, bloß, dass er sich über mehrere hundert Millionen Kilometer erstreckt. Woraus besteht er? Wieso ist er nur von Aetherium aus zu sehen? Selbst ein zweidimensionales Objekt, das nach unserem Planeten ausgerichtet ist, wäre von der anderen Seite sichtbar, aber die Sonden finden einfach nichts. Für ihre Sensoren existiert das Phänomen nicht einmal.« Friedrich raufte sich die fingerlangen Haare und seufzte. »Ich wünschte nur, man würde mehr Mittel freigeben. Wir treffen auf das merkwürdigste Phänomen der Milchstraße und haben nichts Besseres zu tun, als uns Dschungel-Resorts zu bauen und wochenlange Partys zu feiern.«

»Nicht nur das, wir holzen auch die Wälder ab und schicken Setzlinge zu den anderen Kolonien.«

»Hör mir bloß damit auf. Wo soll das noch hinführen? Die wandernden Bäume wachsen ohnehin nur hier, das wissen wir doch.«

Charlie winkte ab. »Seit wann haben wir als Spezies die Weisheit entwickelt, keine Dummheiten zu begehen, von denen wir wissen?«

»Touché!« Friedrich prostete ihm lakonisch zu. »Aber offenbar sind wir da nicht die Einzigen. Immerhin sind sogar die Aether ausgestorben. Was denkst du, wieso?«

»Puh, die Theorien reichen von einem Gammastrahlenblitz von der Supernova Feullinger C-22 bis hin zu einer Seuche. Immerhin haben wir hier eine unglaubliche Menge an fremdartigen Erregern gefunden. Ablagerungen von einigen gab es auch in den Knochen der Aether-Fossilien. Für uns sind sie ungefährlich, aber wir wissen nicht genug über ihre Biochemie, um sicher zu sein, dass für sie dasselbe galt.«

»Nun, wir wissen jedenfalls, dass die Aether uns in so ziemlich allen Belangen überlegen waren, warum sollten sie an einem einfachen Bakterium oder Virus zugrunde gehen?«

»Das ist ein Fehlschluss«, widersprach Charlie. »Die Aether haben einige Dinge vollbracht, die auf uns wie Magie wirken, weil wir sie selbst mit unseren technologischen Mitteln nicht erklären können. Aber sie waren uns auch in mehrfacher Hinsicht unterlegen: Soweit wir es wissen, haben sie nie die Sterne bereist und nie den Tod besiegt.«

»Den Tod.« Friedrich schnaubte verächtlich. »Wir haben den Tod nicht besiegt. Das Leben kam auf die Erde durch Cyanobakterien, die als erste Photosynthese betrieben und Sauerstoff in die Atmosphäre brachten. Nur so konnte mehrzelliges Leben entstehen.«

»Zellteilung. Später dann Vermehrung durch zwei Geschlechter.«

»Sexualität.« Der Astronom nickte. »Ist es nicht paradox, dass die Evolution mit der Sexualität den Tod erfunden hat? Die Weitergabe des Genmaterials an Nachkommen und damit das Ende des Nutzens des eigenen Körpers?«

»Falls es einen Gott gibt, ist er jedenfalls kein gütiger. Gibt dir Sex zum Preis des Todes. Gibt dir Geschmacksknospen, macht aber alles Ungesunde besonders schmackhaft. Es gibt viele Beweise.«

»Ha!«, lachte Friedrich und prostete Charlie zu. »Noch immer ganz der Zyniker. Jedenfalls haben wir den Tod nur scheinbar besiegt. Wir können noch immer bei Unfällen sterben, und es ist philosophisch noch immer nicht geklärt, ob beim Übertragen des eigenen Bewusstseins in einen neuen Körper wirklich ein Unterschied zum echten Tod besteht. Es handelt sich immerhin bloß um Erinnerungen. Wenn du eine Datei kopierst, ist es zwar die identische Datei, aber eben nur ein Duplikat und nicht das Original. Na ja, zumindest je nach Sichtweise.«

»Du glaubst, dass sie es besser hatten, weil sie sich nicht in dieses Dilemma gebracht haben?«

»Ja, das glaube ich.«

»Hm.«

»Darüber hast du doch selbst schon nachgedacht.«

»Ja, das habe ich. Aber ich möchte nicht aussterben, um ehrlich zu sein. Es gibt zu viel zu lernen über dieses fantastische Universum.«

»Du meinst diesen Schatten da oben.« Charlie deutete nachlässig hinauf zum ausgeschlossenen Sternenzelt. »Nicht das Universum.«

»Nicht das Universum«, wiederholte Friedrich entrückt. »Ja, so könnte man es sagen. Dieses Phänomen dürfte gar nicht existieren.«

»Genau wie der Mahlstrom, oder die wandernden Bäume.«

»Das wird schon noch aufgeklärt, ist nur eine Frage der Zeit.«

»Und das ist beim Schatten anders?«

»Der Schatten widerspricht unserem Verständnis von Physik«, erklärte der Astronom und seine Augen wurden mit jedem Wort lebhafter. »Ein Objekt, das kein Objekt ist, keine erkennbare Masse hat, aber Neutrinos aussendet, also eine Masse haben *muss*. Es verschluckt Licht wie ein schwarzes Loch, ohne aber gravitativ zu wirken. Es lässt sich nur von einer Seite aus beobachten, und zwar von diesem Planeten aus. Von Aetherium. Im Weltraum ist es, als wäre es nicht da und doch können unsere Orbitalteleskope auch nicht durch den Schatten hindurchsehen. Nur mein Eigenbau hat überhaupt etwas gefunden.«

»Dein Eigenbau?«, hakte Charlie nach. »Was für ein Eigenbau?«

»Ich habe einen eigenen Satelliten gebaut.«

»Ohne KI-Unterstützung oder Replikatoren?«

»Oh, doch, doch«, wandte Friedrich ein. »Ich habe mir die Teile von den Replikatoren ausspucken lassen und die KIs mitarbeiten lassen an der Optimierung der Teile. Aber ich habe bestimmt, welche eingebaut werden und alles designt.«

»Warum?«

»Weil ich die Theorie überprüfen wollte, dass der Mahlstrom sich an den Quantenleitern unserer Satelliten zu schaffen macht und wir deshalb falsche Daten ausgespuckt bekommen. Also habe ich mich für alte Technik mit einem Elektroantrieb, Solarsegeln und einfachen Schaltkreisen entschieden, die nicht auf Quantentechnologie basiert.« Der Astronom kam jetzt richtig in Fahrt und deutete energisch in Richtung des Teleskops. »Mit den Sensoren habe ich herausgefunden, dass es sich bei dem Schatten um einen Subraumeffekt handeln muss, wie eine Art Gaswolke aus dem Hyperraum, die in unseren Normalraum diffundiert. So zumindest habe ich das Bild, so wie es sich mir anhand der Daten präsentiert hat, interpretiert.«

»Könnte es ein ähnliches Phänomen wie der Bootes Void sein?«

»Möglich. Die Bootes-Leere erstreckt sich jedoch über mehrere hundert Millionen Lichtjahre und ist so weit entfernt, dass wir niemals Sonden oder gar Schiffe hinschicken können. Einige Kollegen haben spekuliert, dass sich dort eine Stufe-3-Zivilisation ausgebreitet und ihre Sterne in Dysonsphären eingehüllt hat. Aber was nutzt es?« Friedrich sah ihn fragend an und zuckte mit den Schultern. »Selbst wenn wir mit annähernd Lichtgeschwindigkeit hinfliegen könnten, würden wir aufgrund der beschleunigten Expansion des Universums niemals dort ankommen. Also befassen wir uns eben mit den Dingen, die wir sehen können, und der Schatten ist wirklich real.«

»Was denkst du, ist er?«

»Der Schatten ist das, was die Aether ausgelöscht hat«, kam die Antwort überraschend direkt.

Charlie verschluckte sich beinahe an seinem Wein und musste mehrfach blinzeln. »Du klingst …« Er musste sich räuspern. »Du klingst sehr überzeugt.«

»Das bin ich auch. Ein Planet voller Wunder, seine einstigen Besitzer ausgestorben und an ihrem Himmel eine unerklärliche Dunkelheit. Das klingt nicht bloß wie eine Horror-VR, sondern wie die naheliegendste Erklärung.«

»Aber bisher hast du das nie erwähnt.«

»Ich weiß«, gab Friedrich unumwunden zu. »Aber bei unserem letzten Treffen vor zwei Wochen habe ich auch noch nicht entdeckt, was ich gestern entdeckt habe.«

»Du hast etwas entdeckt?«, fragte Charlie überrascht. »Warum hast du das nicht gleich gesagt?«

»Ich wollte mir erst anhören, was du loswerden möchtest, immerhin bist du ja zu mir gekommen. Ein höflicher Gastgeber lässt seinem Gast den Vorrang.«

»Ich wünschte, alle Unsterblichen wären wie du«, seufzte Charlie. Es war ungewöhnlich genug, dass sich ein Unsterblicher mit einem Reallifer einließ, galten sie für die uralten Seelen doch im besten Fall als kleine unerfahrene Kinder. Sein Freund aber war anders als die hochnäsigen und mit sich selbst beschäftigten Dynastiemitglieder der höheren Ränge. Er interessierte sich wirklich für das Universum und seine Mitmenschen.

»Das wünschte ich auch.« Friedrich stand auf und gab Charlie einen Wink, damit er ihm folgte. Gemeinsam gingen sie zu der Augenmaske des Teleskops und stellten sich davor. »Sieh hinein.«

Er gehorchte, drückte dem Astronomen sein Weinglas in die Hand und sah in die Sterne hinauf. Der Schatten füllte sein Sichtfeld beinahe komplett aus. Er besaß entfernt die Form einer Comicfigur, irgendwie verzerrt und gleichzeitig kunstvoll, als hätte ihn jemand dort hingemalt. »Computer, herauszoomen.«

Nichts geschah.

»Hat dein Gerät einen Defekt?«, fragte er nuschelnd, ohne die Augen von der Gummimaske zu nehmen, die sich an seine Gesichtsform angepasst hatte.

»Nein, das ist vollständig herausgezoomt.«

»Aber …«

»Ja, der Schatten ist näher gekommen, und zwar in der letzten Stunde um einhundertvierzig Millionen Kilometer.«

»Er kommt … näher?«

»Das habe ich gerade gesagt.« Friedrich grunzte und tippte ihm auf die Schulter. Charlie löste sich und sah, wie sein Freund einen Holoschirm neben ihnen erschuf, der ein Video abspielte, auf dem eine kleine Sonde auf den Schatten zuhielt und dann in einem gewaltigen Lichtblitz detonierte.

»Was ist das?«

»Ich habe eine Bombe angefordert, einen Quantendissoziator, um genau zu sein. Die habe ich bekommen. Was du da siehst, ist das Ergebnis.« Das Video fuhr fort, und der Schatten war noch immer dort, unverändert und ohne jede Reaktion auf die stärkste Waffe im Arsenal der Hegemonie.

»Nicht besonders beeindruckend.«

»Nein«, stimmte Friedrich ihm zu und gestikulierte mit einer Hand, woraufhin das Bild vorspulte. Irgendwann geschah etwas. Der Schatten leuchtete kurz bläulich auf, und dann war er auf einmal doppelt so groß.

»Er ist gewachsen?«

»Nein, er ist bloß näher gekommen, und zwar um 21:34 Uhr lokaler Zeit, ganz plötzlich.«

»21:34 Uhr?«, fragte Charlie, und mit einem Mal wurde ihm ganz heiß, als hätte ihn jemand mit glühenden Kohlen abgerieben.

»21:34 Uhr«, wiederholte der Unsterbliche.

Charlie wies seinen NanoWiz an, seine Erinnerungen aus dem Memorycluster zurückzuspulen bis 21:34 Uhr und die Hitze in seinem Körper wurde noch erdrückender.

»Was ist los? Du siehst aus, als hättest du einen Geist gesehen.«

»Vielleicht habe ich das, vielleicht habe ich das«, sagte Charlie abwesend und beobachtete in einer halbtransparenten Einblendung durch seine eigenen Augen, wie er den Salvino-Messfühler in das Wurzelwerk steckte und das blaue Schimmern aus dem Holz verschwand wie ein verschreckter Schwarm Fische. Der NanoWiz blendete den genauen Zeitpunkt ein: 21:34:22 Uhr. »Kannst du die genaue Zeit einblenden, wann der Schatten den Satz gemacht hat?«

»Natürlich.« Friedrich machte einen Wink und das Video spulte ein wenig zurück, genau zwischen die beiden Positionen des Phänomens: 21:34:22 Uhr.

»Das kann nicht sein«, dachte er laut und machte einen Schritt zurück, die Stirn so sehr gerunzelt, dass er jede einzelne Hautfalte spüren konnte.

»*Was* kann nicht sein?«, fragte sein Freund ruhig.

»Ach, nichts. Ich glaube, dass ich gerade einen Zufall überbewerte.« Charlie winkte ab, doch das unangenehme Gefühl, das sich in seiner Magengegend ausbreitete, wollte sich einfach nicht verflüchtigen.

»Nach 973 Lebensjahren auf zwei Planeten kann ich dir sagen, mein Freund, dass es so ein Konzept wie *Zufall* nicht gibt.«

»Es muss einer sein.«

»Wieso? Und wovon redest du genau?«

»Weil wir sonst ein großes Problem haben. Um genau diese Uhrzeit habe ich eine Verbindung zwischen Faszikeln der Ost- und der Westflora hergestellt an der Alpha Site.«

»*Was* hast du gemacht?«, fragte Friedrich irritiert.

»Ich habe die wandernden Bäume von Osten und Westen über die Verwerfung hinweg miteinander verbunden. Besser gesagt: unter der Verwerfung hindurch. Der Zeitpunkt dieser Vernetzung liegt wenige Sekunden vor dem Sprung, den der Schatten gemacht hat. Da muss es einen Zusammenhang geben.« Charlie ging zum Geländer und sah nach unten, wo ein vierbeiniger Servitor die verriegelte Kiste hereinbrachte, in der das Wurzelstück lag.

»Da ist dieses Wurzelstück drin?« Friedrich war neben ihn getreten und hatte seine Stimme und das Weinglas gesenkt. »Und es ist wirklich noch aktiv?«

»Ja.«

»Sehen wir es uns lieber mal genauer an.«

»Wie lange haben wir noch Zeit, bis der Schatten bei uns ist?«, fragte Charlie zurück.

»Da er sich sprunghaft nähert, kann das niemand so genau sagen. Aber bei dem bisherigen Satz wird es sich eher um Stunden handeln als um Tage, schätze ich.«

Gemeinsam starrten sie nach unten zu der Kiste. Der Servitor hatte sie abgelegt und trottete zurück zu seiner Ladestation an der runden Wand. Mit einem Mal bekam er Angst vor dem, was er darin finden würde.

Kapitel 9

Soroush

Erde, Seattle

Sie wurden auf dem kleinen schlammigen Platz zwischen den vier Plasstahlbauten zusammengetrieben, nachdem man sie unten im Krater aus dem Käfig gezerrt hatte. Nach und nach wurden sie aus einer großen Traube in Kolonnen zu je acht Personen unterteilt und von jeweils zwei Schlägern mit schartigen Baseballschlägern und improvisierten Hellebarden aus langen Stangen und daran festgeschweißten Messern bewacht. Gefühlt war es hier unten noch etwas düsterer als oben in der Stadt, obwohl das sphärische blaue Leuchten um jede Ecke zu fließen schien und allem einen unwirklichen Schimmer verlieh. Soroush schätzte daher eher, dass es die düstere Atmosphäre aus Hoffnungslosigkeit und Verfall war, die ihm den Eindruck verlieh, dass die Nacht etwas tiefer geworden war.

»Ihr da!«, krächzte jemand, und er sah von seinen schlammverschmierten Füßen auf und direkt auf die Spitze eines langen Knüppels, an der noch Blut- und Haarreste klebten. Der Kerl, der sie ihm unter die Nase hielt, war groß und schlaksig wie eine Vogelscheuche, mit eingefallenen Wangen und von Ekzemen überwuchertem Gesicht mit kleinen, fiesen Augen. Er grinste ein zahnloses Lächeln und ein widerlicher Geruch schlug Soroush entgegen, als er zu brüllen begann: »Nach rech's! Los! Nach rech's!«

Der Knüppel zeigte nacheinander auf ihn und Shaka und dann nach rechts zu einer Gruppe von sechs zitternden Gestalten, die sich dicht aneinanderdrängten. Soroushs Blick zuckte alarmiert zu Cheileen, die jedoch ruhig blieb und ihm kaum merklich zunickte.

Spielt mit, formten ihre Lippen und er fletschte widerwillig die Zähne, als der Aufseher drohend seinen Knüppel hob. Shaka schob ihn zur Seite, und sie gingen rasch zu den sechs Wartenden.

»Na also«, nuschelte die Vogelscheuche und schwang drohend seinen Prügel hin und her wie ein Pendel. »Geht doch. Eigentlich sollte ich einem von euch die Fresse polieren, damit ihr wiss' wie man hier unten zu sputen hat!«

»Jorge!«, bellte jemand, und die Vogelscheuche zuckte wie von einem Stromschlag getroffen zusammen. Soroush beendete seinen Versuch eines demütigen Blicks zum Boden und schlug die Augen auf. Auf der Ladefläche eines alten Elektrolastwagens, der gerade herbeigefahren kam, stand eine hochgewachsene Frau in versiegelter Militärpanzerung aus den Seuchenkriegen. Das begehrte Komposit, aus dem sie gefertigt war, zeigte unzählige Kratz- und Schürfspuren und war über und über von Algen und Dreck bedeckt und trotzdem war die Panzerung so eindrucksvoll wie selten. Das Visier des Helms war aufgeklappt, was ihm den Anblick einer klobigen Baseballcap verlieh. Das Gesicht darin war erkennbar weiblich geformt, obwohl es verhärmt und alles andere als feminin wirkte. »Wenn du meine Aetherratten beschädigst, bevor sie arbeiten können, reiße ich dir die Eingeweide raus.«

Die Vogelscheuche zog den Kopf ein, als hätte sie einen Hieb in den Rücken bekommen, doch die Frau auf der Ladefläche beachtete ihn schon nicht mehr und blickte über das Dutzend Gruppen hinweg, die wartend in Matsch und Urin standen. Es stank bestialisch und trotzdem konnte Soroush es niemandem übelnehmen, sich vor Angst zu erleichtern. Er selbst war vollgestopft mit Augmenten, die zwar alt und fehleranfällig waren, aber ihm immerhin die Möglichkeit gaben, jederzeit kurzen Prozess mit den Schlägern ringsherum zu machen. Die Frau in der Panzerung war vielleicht selbst augmentiert und ihr Anzug eine Hürde, aber wenigstens besaß er eine Chance, die die anderen nicht hatten. Wäre er einer von ihnen, ohne jeglichen Ausweg, hätte es ihn wohl kaum besser getroffen. Die größte Sicherheit zog er aber daraus, dass die Unsterbliche bei ihnen war, denn sie konnte vermutlich die gesamte Stadt in Schutt und Asche legen, wenn sie wollte. Oder aber er traute ihr und ihrer Technologie deutlich zu viel zu, was er aber kaum glauben konnte nach ihrer eindrucksvollen Machtdemonstration im Stadion. Außerdem war sie die ganze Zeit so einschüchternd abgeklärt und selbstsicher, dass einem angst und bange werden konnte. Dass sie jetzt in einer anderen Gruppe war und vermutlich an einen anderen Ort gebracht werden würde, machte ihm Sorgen. War der Deal damit hinfällig? Sollten er und Shaka handeln? Er hatte bisher etwa zwanzig bewaffnete Aufseher gezählt, zwei davon mit Schusswaffen. Shaka und er konnten sie vielleicht überwältigen. Die gepanzerte Chefin allerdings war ein unkalkulierbarer Risikofaktor, da sie nicht wissen konnten, welche verbauten Systeme ihres Anzugs noch intakt waren. Aber da wäre ja noch Cheileen. Sie würde doch sicherlich aktiv werden, sobald sie tätig wurden.

Oder?

»Ich bin Damia. Ihr seid jetzt Schürfer, *Aetherratten*, und zwar *meine* Aetherratten! Ihr arbeitet, wenn ich es sage, ihr schlaft, wenn ich es sage und ihr esst, wann ich es sage. Wenn ihr euren Dienst macht, werde ich gut zu euch sein. Wenn ihr ihn nicht macht, werde ich euch töten«, erklärte die Gepanzerte. Ihre Stimme rollte laut dröhnend über den kleinen Platz und echote von den Wänden der vier Gebäude wider. Also funktionierten zumindest noch die Lautsprecher ihres Anzugs – kein gutes Zeichen für die Funktionalität der restlichen Systeme. Soroushs Zuversicht schwand. »Solange ihr gehorcht, bekommt ihr Nahrung und Unterschlupf. Euer Leben ist also gerade besser geworden. Da oben kuscht ihr bloß vor den Gangs und lebt von Tag zu Tag. Hier unten helft ihr dabei, diese wunderbare Stadt am Leben zu erhalten!«

Soroush wurde schlecht bei Damias Worten. Wenn man schon Menschen versklavte, sollte man sich wenigstens den Bullshit sparen. Er sah zur Seite in die Gesichter der anderen Unglücksraben, von denen kaum jemand aufsah. Dann runzelte er die Stirn, als mit einem Mal ein grüner Schimmer auf ihren Antlitzen auftauchte. Sehr schwach erst, aber seinen Augmentaugen entging es nicht. Der Schein kam von vorne.

Während Damia sich wie eine leiernde Hintergrundmelodie am Rande seiner Aufmerksamkeit weiter in Drohungen und scheinbar gutmütigen Versprechungen erging, sah er auf und seine Augen weiteten sich. In den toxischen Wolken, die irgendwo zwischen trostlosem Grau und schmutzigem Ocker von den Lichtern der Stadt angestrahlt wurden, leuchtete etwas Grünes. Zuerst war es so schwach, dass er mehrfach blinzelte, um sicherzugehen, dass er es sich nicht einbildete, doch dann wurde das Grün kräftiger und kam näher. Einige Herzschläge später fiel eine leuchtende Kugel aus den Wolken und zog einen langen grasfarbenen Gasschweif hinter sich her.

Die Hyperraumbarke, dachte er und sah staunend mit an, wie sich das Objekt rasend schnell dem Krater näherte. Er schätzte, dass es irgendwo im Zentrum herunterkommen würde, zwei oder drei Kilometer von ihnen entfernt. Seine Augen zoomten heran und markierten den kleinen Ovoid, der in eine Wolke aus Plasma gehüllt war. Seine Oberfläche war glatt und konturlos wie ein langgezogenes Ei.

Dann donnerte der erste Überschallknall des bremsenden Raumschiffs über sie hinweg wie ein göttlicher Peitschenknall.

Die Menge um sie herum schrie auf, und aus staunenden Gesichtern wurden furchtsame. Alle wichen zurück, als handle es sich bei dem grünen Objekt aus dem All um das Ende der Welt. Selbst ihre Aufseher gerieten in Unruhe, ohne sich um ihre neuen Sklaven zu kümmern, sie starrten einfach nach Osten, genau wie Damia, deren Panzerung er jetzt von hinten sah, etwa ein Dutzend Meter entfernt auf der Ladefläche des heruntergekommenen Lkw.

Soroushs Blick zuckte zur Seite und er packte Shaka an der Schulter. Ihre verchromten Augen zuckten zu ihm wie die eines angespannten Wolfs, doch sie nickte, ohne dass er etwas sagen musste. Er ballte die Fäuste und sein NeuraWire setzte seine künstlichen Neuralbahnen in der Wirbelsäule unter Strom. Die Welt verlangsamte sich, als er die Vogelscheuche vor sich packte und sie mit einem Tritt in die Kniekehlen auf den Boden schickte. Der Sporn aus seinem rechten Augmentarm zuckte hervor und gab ihm den Rest. Derweil hatte Shaka den zweiten Kerl mit der selbstgebastelten Hellebarde erst um seine Waffe und dann seinen Kopf erleichtert.

Soroushs Blick suchte bereits nach Cheileen, bevor die Vogelscheuche in den giftigen Schlamm klatschte. Sie stand seelenruhig da und beobachtete sie lächelnd. Er deutete nach links zu dem vorderen der vier fensterlosen Kastengebäude, und sie nickte. Mit einem mächtigen Satz sprang sie aus dem Stand zur einzigen Tür im Erdgeschoss und verschwand darin.

Er und Shaka warfen sich einen kurzen Blick zu und rannten dann grimmig hinterher. Da sie sich durch die anderen Gefangenen und einige Wärter kämpfen mussten, die sich langsam aus ihrer Starre lösten, wurde es rasch schwieriger, voranzukommen. Er hätte auch springen können – wenn auch nicht so weit und hoch – doch Damia drehte sich bereits um, und er musste mit Erschrecken feststellen, dass sie augmentiert war, denn sie war schnell wie er.

Kurzentschlossen rannte er durch zwei Kniende hindurch, hörte Knochen brechen und ihre erstickten Schreie, um den nächststehenden Aufseher zu überwältigen. Bei ihm handelte es sich um einen fleischigen Kerl mit Schweinsgesicht, der gerade zur Hälfte seinen alten Revolver gezogen hatte. Soroush zeigte Shaka, die weiter rechts zwei Schlägern beibrachte, wie man starb, ohne zu kapieren, was vor sich ging, seine geöffnete Faust, und sie nickte verstehend. Dann trennte er mit dem Monofilamentsporn die Waffenhand des Aufsehers ab, packte dessen Hand, die sich um die Pistole verkrampft hatte und hielt sie in die Luft, bevor er den fremden Zeigefinger herunterdrückte. Ein lauter Schuss krachte und wieder wurde Geschrei laut. Panik brach aus, und Gefangene begannen wild in sämtliche Richtungen davonzulaufen. Die Wärter riefen laute Warnungen und schlugen um sich, doch die Herde war in Panik geraten und kannte kein Halten mehr.

Soroush nutzte die gestiftete Verwirrung, ließ die Waffe fallen und rannte geduckt ein Stück mit der Welle aus Leibern, die grob in Richtung des Hauses rannte. Es stank nach ungewaschenen Körpern und Kleidung, die viel zu lange nass und noch nie gewaschen worden war – ganz abgesehen von den ständigen Duftwolken aus Urin und Gift, die sich beißend in seine Nasenschleimhaut einbrannten. Aus den Augenwinkeln sah er immer wieder zu Damia hinauf, die das Visier heruntergeklappt und zwei Waffenläufe aus den Armen hatte ausfahren lassen. Immer wieder feuerte sie aus den Impulsblastern in die Menge und versuchte sie zurückzutreiben, doch das Einzige, was sie erreichte, war, dass die angehenden Sklaven sich in noch kleineren Gruppen in noch zahlreichere Richtungen davonmachten.

Ein Körper nach dem anderen zerplatzte unter ihren Schüssen zu dichten Gaswolken, und er biss wütend die Zähne zusammen. Ein Leben war nichts wert in Seattle – mit diesem Wissen war er aufgewachsen, und dieses Wissen hatte sich im jahrelangen Überlebenskampf auf der Straße in sein Gehirn eingebrannt. Wenn jemand sein Motorrad stehlen wollte, tötete er ihn, wenn jemand im Weg stand, tötete er ihn. So war das nun mal, und obwohl ein kleiner Teil von ihm immer gewusst hatte, dass das nicht richtig war, war es eben die Realität. Doch hier und jetzt spürte er eine ungekannte Wut in sich aufsteigen, als er mit ansah, wie diese Frau in ihrer Hightech-Rüstung eine Gestalt nach der anderen in einen neuen Aggregatzustand versetzte. Es war, als würde er für den Bruchteil einer Sekunde eine neue Perspektive einnehmen und von außen betrachten, was hier geschah. Er sah und spürte all die Männer, Frauen und Kinder rings um sich, die wie blökende Schafe vor den Wölfen davonrannten – mit Schaum vor dem Mund und Panik in den Augen. Er sah die Beiläufigkeit, mit der Damia sie erschoss, die Brutalität der Aufseher, die mit dümmlicher Freude in den Gesichtern auf die Versklavten eindroschen und ihnen selbst das letzte bisschen nahmen, das sie noch hatten. Dieser kurze Perspektivwechsel war es, der das leise Flüstern in seinem Hinterkopf lauter stellte, das diese schreiende Ungerechtigkeit zu einem lauten Echo werden ließ.

Er hatte gar nicht bemerkt, dass er stehengeblieben war. Erst als ein brüllender Kerl mit Machete in der Hand auf ihn zustürmte, und er ihn mit ausgestrecktem Sporn von unten nach oben aufschlitzte, geriet er wieder in Bewegung. Knurrend sah er sich um und erblickte einen alten Autoreifen aus Vollgummi. Er musste eine Frau wegschubsen, die ihm im Weg stand, dann hatte er das verrostete Teil aus Stahl und Gummi gepackt, nahm Maß und schleuderte es wie ein Diskuswerfer auf Damia.

Der Reifen traf sie an der Schulter. Sie hatte ihn kommen sehen, doch zu spät. Noch während sie zur Seite ausweichen wollte, krachte er in ihren Anzug und warf sie durch seine beträchtliche Wucht von der Ladefläche in den Schlamm dahinter. Soroush sah bloß noch die Fontäne aus Dreck, dann war sie hinter dem Laster verschwunden. Ein Hauch von Genugtuung durchströmte ihn, bevor er unsanft daran erinnert wurde, dass es in Seattle tödlich enden konnte, wenn man Mitgefühl zeigte und lange antrainierte Überlebensroutinen verließ. Ein künstlicher Schmerzreiz kreischte in seinem rechten Bein auf, und er musste mit Erschrecken feststellen, dass ein weiterer Aufseher auf ihn zugestürmt war und ihm mit einem Baseballschläger eine tiefe Kerbe in sein Bein geschlagen hatte. Es handelte sich um einen wild dreinschauenden Mann mit Vollbart, dessen wütender Schrei in der lautstarken Panik der Fliehenden unterging. Allerdings hatte sich der Platz bereits ein Stück weit geleert, und er hatte keine Deckung mehr.

»Dummer Fehler«, knurrte Soroush und ließ die Sporne ausfahren. Die glänzenden Klingen reflektierten das blaue Schimmern der Umgebung, und sein Gegenüber sah abwechselnd zwischen der seltsam anmutenden Beule in seinem Oberschenkel und dem monogebundenen Stahl hin und her, der aus seinen Augmentarmen herausgewachsen war.

Soroush wollte schon auf ihn losgehen, als es einen Knall gab, und der Kopf des Aufsehers nach hinten gerissen wurde. Er fuhr herum und sah Shaka mit einem Revolver am Eingang des Hauses stehen, keine zehn Meter hinter ihm. Sie winkte ihn eilig herbei, und er wartete nicht lange, sondern ging in die Hocke und machte einen großen Satz bis zu ihr. Beim Aufprall im Matsch vor dem Durchgang gab sein rechts Bein nach, und er wäre beinahe gestürzt, hätte sie ihn nicht beherzt gepackt und nach drinnen gezogen.

»Scheiße, was ist mir dir?«, fragte sie, nachdem sie sich links an die Wand gedrückt hatten. Schwer atmend schloss er die Augen und wartete, dass die Sturmflut an Hormonen abgeregelt wurde, die durch seine Adern jagte und ihn zittern ließ wie Espenlaub.

»Hab was abbekommen.«

»Von diesen Slowmos?« Shaka klang ungläubig. »Du wirst alt.«

»Und du bist immer noch so freundlich wie immer«, murrte er und stellte die künstliche Schmerzübertragung aus seinem Bein ab. Es funktionierte nicht. Wieder eine Fehlfunktion. Er kniff die Augen zusammen und unterdrückte einen Fluch. Noch ein paar Jahre, dann war er nichts als einer dieser alten Crawler mit Mitte dreißig, die nicht mehr waren als wandelnde Schrotthaufen, die ohne Wartung und Updates kaum noch funktionieren konnten. Als Jugendlicher hatte er sich immer geschworen, vorher in einem Feuergefecht draufzugehen – mitsamt heldenhafter Fantasien darüber, wie es bei dem gewagtesten Einsatz aller Zeiten geschah und er in die Folklore der Crawler einging. Heute war er viel zu alt für solche Tagträumereien, eingeholt von der Realität, die aus Schaltkreisarthrose und Schmiermittelknappheit bestand.

»Schon irre, wenn man gerade einmal etwas mehr als dreißig Jahre auf dem Buckel hat, aber unter einem Körper leidet, der zu Teilen aus jahrhundertealtem Kram besteht«, sagte er mit noch immer geschlossenen Augen in einem Anflug von Wehmut und Offenheit. Was war heute nur los mit ihm?

»Hör auf zu jammern und drück dir die Eier wieder aus dem Leib«, ermahnte Shaka ihn brüsk. »Hier geht es um eine Belohnung, mit der wir …«

»Was?«, unterbrach er sie ungewohnt barsch. »Was genau sollen wir mit der Belohnung, hm? Gibt es für deine Augmente überhaupt noch Wartungsmaterial und Updates für die Prozessoren? Es ist doch kaum noch was zu kriegen, egal wie gut die Kontakte sind, egal wie viele Tauschmittel man anzubieten hat.«

»Ich will keine Updates oder Ersatzteile haben, auch keinen Kontakt zur letzten Cyberklinik.«

»Was willst du dann?«

»Ein echtes Steak, eine Karotte aus den Gewächshäusern der Yakuza und eine goldene Kugel«, erwiderte sie, ohne zu zögern.

»Was?«, fragte er irritiert.

»Der Oyabune in Redmond bekommt doch angeblich jede Woche ein Steak, weil er ein paar verrückte Jäger außerhalb der Stadtmauern Wild schießen lässt.«

»Das ist doch ein Märchen. Da draußen lebt nichts mehr.«

»Denkst du. Wenn es das gibt, will ich es haben. Mit einer Karotte. Ich will einmal echtes Essen schmecken, bevor ich mir die goldene Kugel verpasse. Das Schlimmste hier drinnen sind nicht die Krankheiten oder die Gewalt, es ist der verdammte Fraß, dieser Sojabrei und die ganzen verschissenen verschimmelten Konserven. Wenn ich noch einmal eine pelzige weiße Schicht von einer Dose Katzenfutter runterkratzen muss, beende ich mein Leben sofort.«

»Ist ja typisch für uns, vorm Abkratzen noch ein Lebewesen von draußen abknallen und essen zu wollen«, gab er zurück, und sie zuckte bloß mit den Schultern. Erst jetzt fiel ihm auf, dass Cheileen vor ihnen stand, die Arme vor der Brust verschränkt und den Blick auf ihn und Shaka gerichtet, die ebenfalls erst jetzt zu bemerken schien, dass sie beobachtet wurden. Wie war die Unsterbliche dorthin gekommen? War sie getarnt gewesen, oder hatte sie einfach nur ruhig dort gestanden?

»Wir sollten verschwinden«, sagte sie gelassen und deutete hinter sich. »Wenn ihr fertig seid.«

Soroush suchte nach Häme in ihrem Blick, doch zu seiner

Überraschung zeigte sich zum ersten Mal so etwas wie Mitgefühl auf ihren Zügen, auch wenn es schwierig war, aus der Minimalmimik der Frau echte Regungen herauszulesen.

»Die Barke ist abgestürzt, und wir wurden viel zu lange aufgehalten. Wenn sie schon jemand anders geborgen hat, dann haben wir ein Problem, schätze ich«, fuhr Cheileen fort, und er musste widerwillig nicken.

»Im Zentrum des Blauen Sees befinden sich die Unterkünfte der Schürfer«, erklärte Shaka und drehte sich leicht, um durch die Tür nach draußen zu spähen. »Scheint, als würde diese Damia wieder auf den Beinen sein und ihre Leute zusammenkratzen.«

»Dann sollten wir keine Zeit verschwenden«, schlug Soroush vor und bedeutete den beiden Frauen, ihm zu folgen. Humpelnd, aber nicht unbedingt langsamer als gewöhnlich, lief er im Halbdunkel durch das leere Erdgeschoss auf den Durchgang zu, der als bläuliches Rechteck erkennbar war, ähnlich einer altmodischen VR-Simulation mit Lasertechnik. Er fragte sich, wofür dieses Gebäude gut war, denn bis auf allgegenwärtigen Schmutz und den Kot von Teufelsnagern sah er nichts und niemanden. Vielleicht nutzten die Aufseher das Haus als Unterschlupf, wenn der toxische Regen zu stark wurde und sie auf die nächste Welle von Neuankömmlingen warteten.

»Wie lange brauchen wir bis zu den Schürferunterkünften?«, wollte Cheileen im Laufen wissen.

»Keine Ahnung«, antwortete Shaka an seiner statt. »Wir waren beide noch nicht hier drinnen, aber ich habe den Blauen See oft beobachtet. Es gibt keine Straßen, und alles wurde über die Jahrzehnte kreuz und quer durcheinandergebaut, wo es eben gerade passte wie in einem Slum. Dieser Ort ist ein Labyrinth und ein gefährliches noch dazu. Ich würde also sagen: ein paar Stunden.«

Die Unsterbliche brummte etwas.

»Sorry, Prinzessin, aber das ist noch optimistisch geschätzt.« Shaka schnalzte mit der Zunge, als sie einen Satz nach vorne machte, sich neben die offene Tür stellte und nach draußen spähte. »Diese Damia sieht nicht so aus, als würde sie die Sache auf sich beruhen lassen, also stellen wir uns lieber auf mehr Zeit ein.«

»Das geht nicht.«

»Ist aber so.«

»Die anderen Dynastien werden ihre eigenen Leute hier haben und ihre Hände an die … *Fracht* legen wollen«, sagte Cheileen. Sie klang noch immer ruhig, aber auch eine Spur grollender.

Shaka zuckte mit den Schultern. »Vielleicht haben die ja auch eine wütende Frau in Motorrüstung vergrätzt. Sieht übrigens frei aus.«

»*Sieht frei aus?*«, fragte Soroush missmutig, doch die Scharfschützin zuckte bloß erneut mit den Schultern.

»Dann los, wir haben einen weiten Weg vor uns.«

Kapitel 10

Charlie

Aetherium, das Observatorium

»Warum hast du es hierher gebracht?«, wollte Friedrich wissen. Er klang nicht anklagend, eher interessiert. Sie standen vor der sargähnlichen Transportkiste und starrten darauf hinab wie auf ein unlösbares Rätsel. Die gehärtete Polymerschicht schimmerte silbrig im Dämmerlicht des Observatoriums. Der Rand des Deckels bildete eine fingerdicke Gummiwulst, die leicht nach innen gezogen war.

»Ich musste raus aus der Stadt, weil sie sich sonst nicht öffnen lässt. Aus Sicherheitsgründen.«

»Das wollte der KI-Kern so?«

»Ja.«

»Wer weiß noch, dass du hier bist?«

»Vermutlich niemand. Die KI hat Butterfield informiert, weil sie das eben musste, also habe ich ihn ebenfalls informiert, damit er mir nichts vorwerfen kann. Allerdings war sein NanoWiz auf *›nicht stören‹* und ich bin mir sicher, dass er vor Ende der Party keine Nachrichten abhören wird, die nicht mit höchster Prioritätsstufe markiert sind. Du kennst ihn ja.« Charlie zuckte mit den Schultern, und Friedrich nickte kaum merklich.

»Leider. Was hast du ihm gesagt?«

»Ich habe gesagt, dass ich die Probe aus der Stadt bringe, damit ich sämtliche Untersuchungen weitab von bevölkertem Gebiet durchführen kann.«

»Das klingt ja, als handle es sich um eine Bombe oder einen Erreger. Für Ersteres ist das Ding zu klein und außerdem nur ein Stück Holz«, befand der Astronom und machte eine wegwerfende Handbewegung. »Für Zweiteres sind unsere DNA-Guards da. Ich weiß bei Weitem nicht genug über unser Universum, aber ich weiß ganz sicher, dass kein Virus dieses Kosmos uns jemals wird dahinraffen können.«

»Ich musste ja irgendetwas sagen, oder nicht?«, entgegnete Charlie ungeduldig. Er hatte eben schnell entscheiden müssen und war selbst nicht besonders glücklich über seine limitierten Fähigkeiten zum Improvisieren. Nun war er eben hier, und sie hatten Zeit.

»Was ich an Analysemöglichkeiten hier habe, ist recht begrenzt.« Friedrich machte einen Wink, und der zentrale Roboterarm, der weiter oben von der Decke hing, geriet in Bewegung. Er senkte sich zu ihnen herab, eine beindicke Maschine aus weiß verkleidetem Polysmart mit einer Kugel am unteren Ende. »Analysesensorik ist drin, eine Reihe Programme für verschiedene Messfühlerkonstellationen und ein Hochleistungsspektrometer.«

»Funktioniert der Uplink zum Starhub?«

»Natürlich. Warum fragst du?«

»Falls es doch eine Gefahr ist, würde ich gerne wissen, dass mein Bewusstsein hochgeladen wird. Das gibt mir ein wenig Ruhe für das, was kommt.«

»Charlie«, sagte Friedrich und drehte sich betont zu ihm. »Das ist ein Stück Wurzel.«

»Ein Stück Wurzel, das eigentlich nicht mehr aktiv sein dürfte, und das ein Faszikulat in sich trägt, das sich durch eine unnatürliche Verbindung gebildet hat. Genau zum Zeitpunkt dieser Bildung ist der Schatten näher gekommen. Wenn dir das jetzt keine Angst macht, beneide ich dich wirklich.«

»Oh, ich habe durchaus Angst«, versicherte ihm sein Freund und wandte sich wieder der Kiste zu. »Aber einer muss ja die Beschwichtigungen übernehmen, meinst du nicht?«

»Machen wir die Kiste einfach auf«, sagte Charlie und ging zu der kleinen Schalttafel an der Oberseite. Er kam mit dem Mund näher und atmete dann in Richtung des winzigen Lochs unter der roten Leuchtdiode, die daraufhin auf Grün umsprang. Ein lautes Zischen ertönte, als sich das Vakuum im Inneren auflöste und mit Luft füllte. Charlie glaubte, einen kalten Luftstrom zu spüren, möglicherweise bildete er es sich aber bloß ein, da es ihn mit einem Mal fröstelte. »Ist nur ein Stück Holz.«

»Wie bitte?«

»Schon gut. Fangen wir also an.«

»Steve?«, fragte Friedrich. »Wärst du so freundlich?«

»Selbstverständlich«, antwortete eine männliche Stimme in angenehmem Bariton und das untere Segment des Roboterarms teilte sich in vier Arme auf, die zuerst den Deckel anhoben und dann vier Greifzangen ausbildeten, die das verdrehte Wurzelstück packten und herauszogen.

Charlie wusste nicht, ob er erleichtert oder entsetzt sein sollte, als er sah, dass das Leuchten noch immer da war. Das Faszikulat schimmerte nach wie vor tiefblau unter dem Relief der Rinde hervor. Die Mischung aus außerirdischer Fremdartigkeit und gleichzeitiger Vertrautheit, die ein Stück Holz oder ein Baum verströmten, wurde von der Künstlichkeit des blauen Leuchtens zu etwas Außerweltlichem erhoben. Es war wie in einer VR-Umgebung, in der viele Elemente bewusst sehr artifiziell gestaltet wurden, um dem Betrachter klarzumachen, dass es sich nicht um die Realität handelte und damit seinen Verstand zu schützen. Das hier war aber die Realität, und dieses Objekt vor ihnen *war* vollkommen real.

»Steve?«, fragte Charlie und sah Friedrich kopfschüttelnd an.

»Ja?«, fragte die KI.

»Ich habe hier eben nicht so viel Besuch«, rechtfertigte

sich der Astronom und hob abwehrend die Hände. »Mein erster Hund hieß Steve.«

»Also gut, Steve, finde heraus, was du herausfinden kannst.«

»Muss das Objekt intakt bleiben?«

»Ich denke nicht«, erwiderte Charlie ausweichend.

»Das ist keine spezifische Anweisung.«

»Es wäre gut, wenn du die Wurzel nicht gleich auseinandersägen würdest. Aber wir müssen mehr über seine Struktur und das Faszikulat herausfinden, das durch die Leitbündel fließt.«

»Verstanden«, antwortete die KI und veränderte die Haltung seiner Arme. Zwei der Greifzangen behielten das Holz fest im Griff, die anderen beiden zerflossen wieder zu kleinen Bällen aus PolySmart. Diese verwandelten sich dann wiederum in spritzenartige Sensorbündel, näherten sich dem Holz und versenkten dann in ruckartigen Bewegungen die kleinen Lanzen in der Wurzel. Es geschah so abrupt, dass Charlie erschrak, als wäre auf ihn eingestochen worden.

»Alles in Ordnung?«, fragte Friedrich. Der Astronom hatte seine Daumen in die Laschen seiner altmodischen Jeans gehakt und war einen Schritt nach vorne gegangen. Ihn trennte nur noch eine Armlänge von der Wurzel, die von den beiden abgespreizten Greifarmen in etwa auf Brusthöhe in der Luft gehalten wurde. Es sah geradezu brutal aus, wie die KI mit den verbliebenen Armen in dem Holz herumstocherte. Kleine Drüsen öffneten sich neben den Sensorbündeln und saugten das blaue Faszikulat auf, das dabei herausspritzte oder hinauslief.

»Die Flüssigkeit ist sehr invasiv«, warnte er die KI.

»Ich habe ein Stufe-Drei-Filtersystem verbaut«, beruhigte Steve ihn mit seiner ruhigen Stimme, die körperlos durch das riesige Observatorium wehte.

»Aha.« Er sah zu Friedrich, der bloß mit den Schultern zuckte.

»Gib uns Liveberichte«, forderte der Astronom seine KI auf und deutete auf das Wurzelstück mit den exakt abgeschnittenen Enden. »Wir wollen hören, was da drinnen vor sich geht.«

»Die Dichtemessungen sind normal. Sowohl das Xylem, als auch die Faszikel weisen Normwerte auf, wenn ich Vergleiche aus den zentralen Datenbanken des KI-Kerns heranziehe. Die Fluidität des Faszikulats liegt etwas über jener der Sequoiadendron Aethericum, die östlich und westlich der Verwerfung untersucht wurden. Auch die molekulare Zusammensetzung unterscheidet sich geringfügig aber doch deutlich sichtbar. Das Energiepotenzial ist erstaunlich. Cuticula und obere Epidermis vibrieren geradezu vor Membranaktivität. Beide sind äußerst hydrophob, weshalb das Aethericum-Derivat zwar durchscheint, aber nicht ausbricht. Bemerkenswert ist allerdings, dass es kaum holzige Anteile im Inneren gibt. Der größte Teil ausgehärteter Strukturen befindet sich außen in Form der Rinde.«

»Was soll das bedeuten?«, fragte Friedrich verwirrt. »Ist es hohl?«

»Nein, es ist voll von dem Faszikulat«, gab Charlie ihm die Antwort und starrte auf das blaue Pulsieren im Relief des Holzes, als könne er ihm durch pure Willenskraft seine Mysterien entreißen.

»Doktor Morrington hat recht«, bekräftige Steve und die Sensorarme zogen sich aus dem Holz zurück. Die Sauger arbeiteten noch einige Sekunden, um das herabtropfende flüssige Aethericum aufzufangen, und glitten dann in eine Warteposition wie die Tentakel eines mechanischen Tintenfischs. »Es gibt insgesamt 5,3 Billionen Faszikulatzellen in diesem Objekt. Das ist eine sehr hohe Anzahl, da diese Zellen extrem groß und komplex sind. Etwa achtzig Prozent dieser Zellen tragen holzige Teile in sich. Es scheint beinahe so zu sein, als hätte die Flüssigkeit das Holz innerhalb des Wurzelstücks verzehrt und umgewandelt.«

»Pflanzenkannibalismus?«, schnaubte Friedrich und lachte auf. Als er Charlie einen Seitenblick zuwarf und keinerlei Belustigung auf seiner Miene erkennen konnte, seufzte er. »Also gut, was hat das zu bedeuten?«

»Steve, die wandernden Bäume im Osten haben denselben Faszikulat-Puls, richtig?«

»Ja, das, was als pulsartiges Leuchten wahrgenommen wird, ist synchron mit den Energiespitzen eines Teils der Subraumkonverter im Orbit«, bestätigte die KI.

»Und dasselbe gilt für die wandernden Bäume im Westen.«

»Auch das ist korrekt, Doktor Morrington.«

»Aber Ost- und Westflora haben nicht denselben Puls.«

»Nein, sie laufen asynchron und folgen unterschiedlichen Mustern.«

»Friedrich«, wandte sich Charlie an seinen Freund, der von der plötzlichen Aufmerksamkeit überrascht schien und erschrak.

»Ja?«

»Du hast mit deinem Observatorium doch Zugriffsrechte auf einige Beobachtungssatelliten, richtig?«

»Ja.«

»Kannst du sie auch zum Planeten hinwenden?«

»Natürlich, im Prinzip sind das bloß Sensorkugeln mit Solarfolie«, bejahte der Astronom und musterte ihn forschend. »Warum?«

»Kannst du uns ein Bild des Planeten zeigen? Ein Livebild?«

»Steve?«

»Selbstverständlich.« Vor ihnen erschien ein großer Ausschnitt wie ein Fernseher in der Luft und zeigte einen blau leuchtenden Planeten auf der Nachtseite. Das Leuchten glich einem Pulsschlag, der über endlose Linien und viele kleinere Flecken verteilt war. Fakturiert und doch klar zusammenhängend. Die Verwerfung war zwar nicht direkt sichtbar, aber doch indirekt als feiner Ring aus Schwärze, in dem nichts leuchtete.

»Tada, der Aether-Pulse«, verkündete Friedrich und breitete die Arme wie zu einer Umarmung aus.

»Er ist synchron.«

»Was?«

»Der Aether-Pulse.« Charlie deutete ungeduldig auf das Bild vor ihnen und die Augen des Astronomen weiteten sich. »Er ist nicht mehr asynchron. Er ist synchron.«

»Unmöglich«, hauchte Friedrich und senkte langsam die Arme. Sein Gesicht war eine Maske der Fassungslosigkeit. »Das kann doch nicht sein.«

»Es ist aber so. Ich glaube, meine Studenten und ich haben die wandernden Bäume synchronisiert. Steve, wie sieht es mit dem Energieverlauf des Mahlstroms aus?«

»Die Subraumkonverter ziehen direkt synchron zum Puls Energie aus dem Subraum.«

»Also hat sich auch der Mahlstrom synchronisiert. Er scheint direkt auf die Flora einzuwirken. Es gibt eine instantane Wechselwirkung.« Charlie raufte sich die Haare und versuchte in seinem Geist zu ordnen, was ihm aufgrund der schieren Tragweite dessen, was er gerade erfahren hatte, den Kopf zu sprengen drohte. Er schloss für einen Moment die Augen und überlegte. »Steve, erstelle ein Zeit- und Frequenzmuster des Aether-Pulses anhand der Satellitendaten und vergleiche es mit dem Puls unseres Wurzelstücks hier.«

»Der Puls ist ebenfalls synchron«, kam postwendend die

Antwort, und die Ruhe und Gelassenheit, die nur ein Algorithmus wie die KI in solch einer Situation ausstrahlen konnte, waren das Einzige, was Charlie davon abhielt, eine Reihe von unkontrollierten Flüchen auszustoßen.

»Also gibt es eine wechselseitige Fernwirkung zwischen den einzelnen Einheiten der heimischen Flora«, fasste Friedrich staunend zusammen. »Das ist … das ist eine Sensation!«

»Das ist nicht bloß eine Sensation, das ist unmöglich. Wie kann sich so schnell eine so große Menge an Lebewesen miteinander vernetzen und synchronisieren? Wenn wir jetzt bloß Proben nehmen könnten von all den Bäumen an verschiedenen Orten. Ich möchte wetten, dass sich das Faszikulat bei ihnen allen verändert hat und es bloß noch die neue Variante gibt.«

»Ich habe ein Problem festgestellt«, meldete sich Steve zu Wort, und es gab eine kleine Pause, in der Charlie und Friedrich sich alarmierte Blicke zuwarfen, bevor sie sich wieder dem Wurzelstück zuwandten, das von den beiden Roboterarmen gehalten wurde. »Das Faszikulat hat meine Filtersysteme zersetzt und ist in meine Gerätespeicher eingedrungen. Offenbar kopiert es meinen Code.«

»Wie kann eine Flüssigkeit einen Code generieren, der auf QBits basiert?« Friedrich schüttelte den Kopf. »Das ist vollkommen unmöglich.«

»Genau wie eine Flora, die Energie aus dem Subraum bezieht?«, fragte Charlie.

»Scheiße.«

»Ist es Schadcode?«

»Nein«, gab die KI Entwarnung. Es scheint, als breite sie sich aus, ohne irgendwelche Systeme anzugreifen oder Steuerungsroutinen zu beeinflussen. »Ich konnte das meiste davon mit Firewalls eindämmen, aber der Code ist erstaunlich gewitzt. Die letzten Reste werde ich aber innerhalb der nächsten 42 Sekunden ebenfalls in Quarantäne verschoben haben.«

»Es hat gelernt«, murmelte Charlie.

»Was?« Friedrich tippte ihm auf die Schulter, als er nicht sofort reagierte. »Gelernt?«

»Ja, das Faszikulat. Es hat auch versucht, den KI-Kern zu analysieren. Aber das klappte nicht besonders gut. Dieses Mal scheint es besser zu laufen. Also lernt es.«

»Du redest ja, als handle es sich um eine Person.« Der Astronom gab sich keinerlei Mühe zu verhehlen, für wie lächerlich er diesen Gedanken hielt.

»Geh und sieh am besten nach, was der Schatten macht. Ich habe da eine ganz böse Ahnung.« Charlie musterte das Wurzelstück und ging ein wenig näher heran, bis ihn nur noch wenige handbreit davon trennten. Steve schien es als Aufforderung zu verstehen und hob das Objekt an, sodass es genau auf Augenhöhe mit ihm war. Das blaue Pulsieren verschwamm zu einem Flimmern, als er sich in seinen Gedanken verlor. Dieses Objekt dürfte es in dieser Form gar nicht geben, und das galt auch für alles andere, was offenbar gerade auf Aetherium geschah. Das hier war zu groß, um es zu verstehen oder sofort zu wissen, was er tun sollte und doch musste er handeln. Er spürte ein Ziehen in den Eingeweiden, das ihn zur Eile antrieb und doch wusste er nicht, in welche Bahnen er es lenken sollte.

Sollte er Butterfield anrufen? Aber der würde seinen Anruf nicht annehmen, da die Party in vollem Gange war. Sollte er den KI-Kern informieren als Regierungsinstanz von Star City? Oder doch besser Aufzeichnungen machen und an sämtliche Dynastien schicken? Eine allein hatte bereits viele Ressourcen, um Forscher und vor allem KIs und Maschinen abzustellen, aber wenn er nur eine einzige informierte, würde sie die Informationen nur für sich allein nutzen, um einen Vorsprung vor den anderen zu bekommen.

Charlie seufzte und hob eine Hand, um sie an das Holz

zu legen. Es sah so unwirklich aus, dass er den Impuls verspürte, es anzufassen, um zu wissen, dass es wirklich real war und existierte. Er hatte schon viele wandernde Bäume berührt, und es war enttäuschend normal gewesen. Jetzt aber blickte er anders auf das Stück vor sich, als handle es sich um einen gefährlichen Erreger.

Menschen haben vor allem Angst, was sie nicht verstehen, rief er sich in Erinnerung. *Das ist ein Stück Holz!* Eine andere Stimme meldete sich in seinem Kopf: *Ein Stück Holz, das Energie aus dem Subraum ziehen kann und sich ohne direkte Verbindung mit den anderen Bäumen des Planeten verbunden hat.* Da kam ihm ein Gedanke.

»Steve?«

»Ja, Doktor Morrington?«

»Wie viele Bäume gibt es auf Aetherium? Gerundet bitte auf eine Zahl mit Kommastelle.«

»5,4 Billionen.«

»Exakt so viele wie Faszikulat-Zellen in diesem Objekt«, flüsterte Charlie ungläubig und seine Brust fühlte sich mit einem Mal an, als wäre ein Trecker darauf hin und her gefahren.

»Das ist korrekt.«

Er wollte etwas antworten, doch dann veränderte sich die Struktur der Rinde vor seiner Hand, die wenige Zentimeter davor verharrte. Es bildete sich ein neues Relief, diesmal blau leuchtend und weich wie Gelee. Als er erkannte, dass es sich um eine Vertiefung handelte, die exakt den Umrissen seiner Hand entsprach, schreckte er zurück, als hätte er sich verbrannt. Die Vertiefung verschwand wieder wie Treibsand.

»Hast du das gesehen, Steve?«

»Ja«, antwortete die KI gelassen. »Und das Objekt hat es wohl auch gesehen, zumindest hat es Zugriff auf einen meiner Sensoren. Bis jetzt, meine Firewall war effektiv.«

Charlie leckte sich über die plötzlich trockenen Lippen

und führte seine Hand zurück zu dem Holz. Auch ein oder zwei Zentimeter vor der Rinde bildete sich die Vertiefung nicht neu.

»Ich würde davon abraten«, bemerkte Steve.

Er ignorierte die Maschine und drückte seine Handfläche gegen das Holz mit den vielen blau pulsierenden Reliefs. Was für ein Mysterium! Was für eine Chance!

Es fühlte sich ganz kalt an und seine Haut kribbelte leicht, vielleicht war es aber auch bloß die Aufregung, die er verspürte. Dann wurde es wärmer, und seine Stirn legte sich in tiefe Falten, als ein blaues Schimmern seine Finger umgab und Wärme in seine Handfläche strömte. Ein Gefühl machte sich darin breit, als hätte er in eine zähe Flüssigkeit gefasst. Wie gebannt sah er mit an, wie leuchtendes Faszikulat um seine Finger floss. Sie sackten langsam in das Holz hinein, vorsichtig und wie in Zeitlupe, folgten bloß dem sanften Druck, den er ausübte. Es war ein friedlicher, geradezu meditativer Prozess, in dem er das sachte Rauschen der Maschinen im Observatorium ausblendete und nur noch Augen für seine Hand und das Holz hatte. Blaues Licht reflektierte von seinem Gesicht und tauchte seine Welt in einen angenehmen Farbschimmer. Seine Gedanken rasten, sprangen wild von einer Station seines Lebens zur nächsten und immer wieder zu der Frage, was er jetzt tun sollte. Er wollte dieses neue Wissen mit allen teilen und gleichzeitig traute er Menschen einfach nicht zu, sorgsam mit diesem Wissen umzugehen. Dazu gehörte auch, nicht überzureagieren und mit Bedacht vorzugehen. Vermutlich würde es nur darum gehen, wie man am besten politisches Kapital aus den neuen Erkenntnissen scheffeln konnte.

»Charlie? Charlie! Was machst du da?«, drang Friedrichs aufgebrachte Stimme irgendwann an sein Ohr. Seine Hand war bereits bis zum Handgelenk in der flüssig gewordenen

Außenhaut des Wurzelstücks versunken. Als erwachte er aus einem Traum, zog er die Hand zurück und das Faszikulat floss langsam aber sanft zurück in das Objekt. Die Rinde kam zurück, bildete sich aus der Flüssigkeit selbst, und dann sah alles wieder so aus wie zuvor.

Langsam drehte er sich zu der Stimme seines Freundes um und sah ihn weit oben auf der Plattform stehen und sich über das Geländer beugen.

»Hast du es etwa angefasst?«

»Ja«, gab er zu, räusperte sich und sagte dann laut noch einmal: »Ja!«

»Und?«

»Ich … es ist schwer zu sagen …«

»Egal!«, unterbrach der Astronom ihn barsch. »Komm sofort hier hoch!«

»Was ist denn?« Charlie fühlte sich, als wäre er grob aus dem Tiefschlaf gerissen worden und war noch etwas verwirrt von einem Traum, der sich nur schwer abschütteln ließ.

»Der Schatten! Er ist beinahe im Orbit!«

»Was?«, fragte er entsetzt, und die Trance fiel von ihm ab wie die Haut einer Schlange. »Ich komme!«

Friedrich nickte und verschwand wieder auf der Plattform. Charlie blinzelte einige Male und drehte sich dann ein letztes Mal zu dem Wurzelstück um, nur um zu bemerken, dass es nicht mehr da war. Die beiden Greifarme hingen nutzlos herab und zwischen ihnen stand ein nacktes, junges Mädchen von vielleicht sechzehn Jahren. Sie war schlank, hatte lockiges schwarzes Haar und schwarze Augen. Ihr Kopf war schief gelegt und ihr Blick auf Charlie geheftet, als versuchte sie, ein interessantes Objekt zu verstehen. Ihr Gesichtsausdruck war vollkommen reglos und nichtssagend, als hätten die Muskeln in Wangen, Stirn und Mund verlernt, wie man sich zu bewegen hatte.

»Seraphina?«, hauchte er fassungslos und stolperte zurück.

Kapitel 11

Soroush

Erde, Seattle

Der Blaue See war ein einziges Labyrinth. Zum einen gab es offenbar keinerlei Plan, mit dem die Plasstahl-Häuser, Hütten und Zelte aufgebaut worden waren. Zum anderen sorgte das allgegenwärtige blaue Schimmern für eine seltsame Form von Desorientierung zwischen all den immergleichen Matschwegen. Die Wege selbst verliefen kreuz und quer, führten mal Ewigkeiten an einer Fassadenreihe vorbei und dann wieder stichartig in alle Richtungen. Ständig mussten sie sich in Hauseingänge ducken, wenn ein Fahrzeug vorbeigedonnert kam und Fontänen aus Dreck und Schlamm aufspritzte.

Sie versuchten, sich von sämtlichen Aktivitäten fernzuhalten, also von allem, wo Licht brannte, sie Stimmen oder Maschinen hörten. So entstand nach kurzer Zeit der Eindruck, dass es sich bei dem Krater um ein verlassenes Areal handelte. Natürlich wusste Soroush, dass das nicht stimmte. Die Minenarbeiten standen nie still, und als sie auf die erste Abbaustelle trafen, wurde das nur allzu deutlich. Er hatte gewusst, dass die Bedingungen hier unten grausam sein mussten, was er aber sah, war noch viel schlimmer als in seiner Fantasie. Sie standen auf dem Dach eines dreistöckigen Steingebäudes, das offenbar aus groben Blöcken und Mörtel zusammengefügt worden war. Soroush schätzte, dass es sich um eine selbstgebaute Unterkunft der Schürfer handelte. In den unteren Etagen hatten sie viele Schlafsäcke, Papiermatratzen und jede Menge Alkohol und Dumpy-Spritzen gefunden.

Vom Dach aus konnten sie zwischen zwei länglichen Hallen aus Stahlblech direkt auf die Mine hinabblicken, von denen es hier unten Dutzende gab. Es handelte sich nicht etwa um einen Stollen, sondern um eine Mulde so groß wie ein Tennisplatz, die sich mehrere Meter weit in den Felsboden erstreckte, der einmal der Grund des Lake Washington gewesen war. Blaue Kristalle wuchsen daraus hervor wie kitschige Kunstobjekte. Einige waren dick wie der Arm eines Kindes und ungefähr so lang, andere sehr kurz und dicht aneinandergedrängt.

Etwa zehn Aufseher standen ringsherum am Rand und sahen dabei zu, wie etwa fünfzig Schürfer mit Spitzhacken oder Hammer und Meißel versuchten, das Aethericum abzubauen. Sie arbeiteten wie Schnecken, kraftlos, als würden sie einer Programmierung folgen. Einige von ihnen trugen Plastikmäntel gegen den sauren Regen, bei anderen war die Kleidung so zerschlissen, dass er mit dem entsprechenden Zoom Haut durchscheinen sehen konnte, die von Hautpilzen und Verätzungen übersät war. An der Unterseite der Mine, die den beiden Blechhallen zugewandt war, befanden sich einige andere Schürfer, die zwischen den Kristallen das abholten, was abgebaut war, um es in Kisten zu verpacken und diese in die Hallen zu ziehen.

Einer der Aufseher, eine Frau, die etwa so breit war wie lang, stand auf der höchsten Erhebung des Minenrands und hustete heftig. Sie trug die Farben einer Gang, die er noch nie gesehen hatte, vielleicht von der Nordseite der Stadt. Ihre Kameraden rechts und links musterten sie und sahen zu, wie der Hustenanfall sie durchschüttelte. Schließlich spuckte sie einen Schwall Blut aus, und ihre Lippen formten einen Fluch, bevor sie das Gleichgewicht verlor, und einige Meter weit nach unten stürzte, zwischen das blaue Aethericum. Ein Schürfer wurde von ihrem Körper erschlagen und blieb liegen, zwei andere sprangen erschrocken zur Seite, bevor sie ängstlich nach oben sahen und dann zu ihrem Freund – oder was auch immer er für sie gewesen war – eilten. Als sie begriffen, dass er tot war, senkten sie die Köpfe in Richtung seines Leichnams.

Die beiden Aufseher auf dem Minenrand kamen zusammen, blickten hinab und lachten dann, bevor einer von ihnen auf die Schürfer zeigte und diese daraufhin wieder an die Arbeit gingen. Niemand kümmerte sich um die Toten.

»Dieser Ort ist wirklich krank«, bemerkte Cheileen und schüttelte den Kopf.

Soroush fiel auf, dass ihre blonden Locken noch immer aussahen wie frisch frisiert.

»Wenn man hier aufwächst, fällt es einem irgendwann nicht mehr auf.« Soroush registrierte, dass Shaka ihre Hände zu Fäusten geballt hatte, als sie das sagte. »Wir sind wie Frösche, die man in kaltes Wasser setzt und das man dann langsam erhitzt. Es fällt nicht auf, bis es zu spät ist.«

»Und dann ist man Teil des Ganzen, ein Stück vom Puzzle aus Leid und Elend«, fügte Soroush hinzu. »Der Überlebenskampf in Seattle ist erbarmungslos und ohne Aussicht auf eine gute Zukunft. Es geht nur darum, auch morgen noch zu atmen. Hier unten aber leben diese Leute unwürdiger als Ratten. Sie haben nicht einmal diesen grundlegendsten der menschlichen Instinkte, nämlich den Überlebenstrieb, dem sie folgen können. Etwas für die eigene Zukunft tun, und sei es nur unversehrt zu bleiben oder Nahrung zu finden, gibt dir die Kraft, immer weiter zu machen. Aber hier mit alten Werkzeugen auf außerirdischen Mineralien herumzuhacken, und zwar damit jemand anders es besser hat, dabei zu sterben, Freunde und Familie sterben zu sehen, das ist krank.«

»Diese Leute«, sagte die Unsterbliche. »Sie sind vollkommen verrückt. Der Tod einer Kameradin scheint sie sogar zu belustigen. Das ist …«

»So ist es nun einmal, wenn man den Tod überall um sich herum sieht. Jeder hier unten geht mit den Traumata des täglichen Lebens anders um. Vielleicht hilft es ihnen, zu denken, dass das ein großer Scherz sei.«

»Willst du sie befreien?«, fragte Shaka und wandte sich Cheileen zu. Sie standen dabei so nahe an der Dachkante, dass Soroush schon fürchtete, dass sie stürzen könnte.

»Ja.«

»Wenn wir das tun, wo können sie dann hinlaufen? Willst du deine Dynastie-Tech einsetzen, um sie zu den Käfigen zu bringen, dort alles zu erobern und sie hoch zu schaffen? Selbst wenn das geht, was dann? Und wir sollen dieses Raumschiff-Ding finden. Sind eh schon spät dran. Was soll es also sein? Dein Hyperraum-Gerät, oder ein bisschen Wohltätigkeit?«

»Hyperraumbarke«, korrigierte die Unsterbliche sie abwesend, und ihre Miene verriet, dass sie mit sich rang. Schließlich aber straffte sie die Schultern und ihre Unterlippe schob sich ein wenig vor. »Wir müssen die Hyperraumbarke finden, und dann werden wir sehen, was wir tun können.«

Shaka musterte sie noch eine Weile, was Cheileen nicht zu bemerken schien, und nickte. »Gut zu hören, ich will nämlich immer noch meine Belohnung.« Die Scharfschützin sah vom Dach hinab in die Tiefe und sprang hinunter. Ein leises Platschen war zu hören, als sie im Schlamm aufkam.

»Ist sie immer so hart?«

»Sie gibt sich gerne so«, antwortete er. »Aber eigentlich hat sie ein gutes Herz, denke ich.«

»Denken Sie?«

»Ja, es ist nur … es ist nur von Seattle verdeckt, verstehen Sie?« Soroush sah Shaka hinterher, die ihnen von unten her zuwinkte, damit sie sich beeilten. »Dieser Ort hat es so an sich, alles Gute zu ersticken, oder so lange auf alle einzuprügeln, die unbelehrbar sind, bis auch sie es ganz tief in sich vergraben.«

»Bringen wir es hinter uns.« Cheileen sprang, und er seufzte nach einem Blick auf sein Bein. Es war noch funktionstüchtig, aber er verlor öfter die Balance, wenn er es zu sehr belastete. Als auch die Unsterbliche ihm zuwinkte, seufzte er und sprang.

Die Absturzstelle erreichten sie nach einer weiteren halben Stunde. Sie war leicht zu finden, weil sie sich offenbar mitten in einem noch brennenden Haus befand. Es handelte sich um einen weiteren improvisierten Steinbau, der jetzt bloß noch ein Gerippe war. Im Erdgeschoss wimmelte es vor Gestalten, die Ganguniformen in Form von Kunstlederjacken mit hässlichen Aufdrucken trugen. Die Obergeschosse brannten lichterloh, allerdings hatten die Flammen eine unnatürlich grünliche Färbung und erstreckten sich nicht auf das Erdgeschoss. Durch große Löcher in der Fassade konnten sie von einem kleinen Unterschlupf aus Wellblech aus die Hyperraumbarke zwischen all den Leibern erkennen.

»Holen wir sie uns«, sagte Cheileen entschlossen und wollte sich gerade erheben, als Soroush sie am Arm fasste und zurückhielt. Die Unsterbliche sah auf seine Hand hinab und blickte ihn mit hochgezogener Braue an.

Er räusperte sich und zog sie zurück.

»Gibt es nicht eine Möglichkeit, die Leute einfach zu vertreiben? Wir wissen nicht, ob die da drinnen Schürfer einsetzen.«

Cheileen blickte ihn an und nickte schließlich. »Ihr bleibt hier.«

»Aye, Mam«, brummte Shaka, als ihre Auftraggeberin sich unter dem niedrigen Dach aus Wellblech hinwegduckte und auf den matschigen Weg trat. Seelenruhig ging sie auf das Haus zu, in dem die Ganger wild durcheinanderredeten. Ein paar von ihnen kamen herausgelaufen mit den Armen voller Kabel und anderer Dinge, die Soroush nicht identifizieren konnte. »Immerhin sind wir noch nicht tot.«

»Was meinst du?«, fragte er verwirrt mit flüsternder Stimme, obwohl sie niemand hören konnte.

»Na, wenn sie hat, was sie braucht, dann braucht sie uns ja nicht mehr, hm? Ich weiß ohnehin nicht so recht, was sie mit uns will.«

»Ich glaube nicht, dass sie sich hier unten zurechtfindet. Sie könnte alles und jeden töten, aber ich denke, dass es stimmt, dass sie das aus politischen Gründen nicht darf.«

»Politische Gründe?«

Soroush deutete nach oben. »Orbit-Zeug, schätze ich.«

»Sieh sich das einer an.« Er folgte Shakas Geste und sah, wie Cheileen sich vor einem herausgebrochenen Mauerstück im Erdgeschoss hinstellte und die Hände in die Hüften stemmte. Nach und nach wurden die Ganger auf sie aufmerksam. Zwei von ihnen kamen heraus, rissen einige derbe Witze und spielten mit ihren Waffen, einem Revolver und einer Axt. Aufgrund des einsetzenden Regens, der laut auf den steinigen Weg prasselte, konnte er nicht hören, was sie sagten, aber im Grunde war es immer dasselbe: *Wir werden dieses und jenes mit dir anstellen, du bist zur falschen Zeit am falschen Ort,* oder *niemand wird dir zur Hilfe kommen.*

Cheileen wartete, bis der Typ mit der Axt nähergekommen war und sie grinsend musterte, dann schnellte ihre linke Hand nach vorn und zertrümmerte ihm die Kehle. Wie ein nasser Sack ging er zu Boden, und der Regen prasselte auf seine Leiche ein.

Der andere fluchte, hob den Revolver und ein Schuss knallte ohrenbetäubend durch die Nacht.

Cheileen schimmerte kurz auf, dann machte der verbliebene Ganger große Augen und ließ ungläubig die Waffe fallen. Weitere von ihnen kamen heraus, einer von ihnen war besonders groß und offenbar der oberste Gorilla der Gruppe. Er grinste überheblich, hob ein krudes selbstgebautes Schwert und hieb auf sie ein. Die Unsterbliche bekam die Klinge zu packen und brach sie einfach entzwei.

»Scheiße, wie macht die das?«, zischte Shaka.

»Wie jemand, der technologisch eintausend Jahre weiter ist als wir laufenden Schrotthaufen«, brummte er zurück und sah mit an, wie dem Gorilla alles aus dem Gesicht fiel.

Seine Mitstreiter schienen ihre Strategie zu überdenken, ließen fallen, was sie in den Händen hielten und rannten in alle Richtungen davon. Auch der Gorilla schloss sich ihnen an.

Die Unsterbliche ging derweil seelenruhig in die Hausruine hinein und auf die Barke zu, die wie ein langgezogenes Ei umgeben von Schutt und Staub dalag.

»Sollten wir abhauen?«, fragte Shaka unvermittelt.

»Abhauen? Wir haben unsere Belohnung noch nicht bekommen.«

»Ich traue ihr nicht. Sie hat jetzt, was sie finden wollte, und ich bin mir sicher, dass sie auch ohne uns hier herauskommt.«

Soroush dachte darüber nach und musste ihr zustimmen, dass es schwer war, sich auszumalen, was eine Person, die für sie sämtliche Definitionen einer Gottheit erfüllte, von ihnen brauchen könnte. Gleichzeitig kam Cheileen ihm nicht wie eine kaltblütige Mörderin vor. Sie verströmte die Ruhe von jemandem, der allem und jedem überlegen war, der oder das sie umgab, aber er hatte auch ihre Reaktion auf die Schürfer in der Mine gesehen.

Bevor er etwas erwidern konnte, sah er, wie sich die Unsterbliche umdrehte und sie herbeiwinkte. Er warf Shaka einen Blick zu und sie schürzte kurz die Lippen. Dann standen sie auf und liefen geduckt über die Straße in das zerstörte Haus hinein. Im Inneren mussten sie aufpassen, wo sie hintraten, da der Schutt grob war und Soroush noch immer mit seinem beschädigten Bein zu kämpfen hatte. Einige der Tastsensoren schienen etwas abbekommen zu haben und es fiel ihm schwer, den richtigen Andruck abzuschätzen.

Shaka tastete immer wieder nach ihrem Revolver, aber Soroush schüttelte bloß den Kopf, als sich ihre Blicke trafen.

»Ich hätte sie doch alle töten sollen«, befand Cheileen, als sie bei ihr ankamen. Sie sprach ganz ruhig und doch war ihr Zorn beinahe körperlich spürbar. Zuerst verstand er nicht, was sie damit meinte, beziehungsweise woher ihr Sinneswandel stammen mochte, doch dann trat er an ihr vorbei und sah sich die abgestürzte Hyperraumbarke genauer an. Sie war oval und lang, die Hülle cremefarben mit Rußspuren an der Vorderseite. Doch das war noch nicht alles: Die Oberseite war geöffnet in Form einer länglichen Abdeckung, die wie ein Deckel hochgeklappt war. Im offenliegenden Inneren war eine Art weiß ausgepolsterter Sarg zu erkennen und er war leer. Keine Spur von dem Insassen, von dem Cheileen gesprochen hatte. Dafür waren offenbar mehrere Teile aufgeschnitten oder aufgesägt und Kabel entrissen worden. Wie die Hyänen waren die Ganger über die Barke hergefallen und hatten sich an ihr abgearbeitet, um alles auszuschlachten, was sie auch nur ansatzweise als wertvoll oder nützlich erachtet hatten.

»Haben Sie nicht gesagt, dass es ein Lebenszeichen in dem Ding gab?«, fragte Soroush vorsichtig.

»Ja. Sie müssen ihn oder sie verschleppt haben.«

»Oder die Person ist nach dem Absturz fortgelaufen«, schlug Shaka vor.

»Das würde zumindest erklären, weshalb der Deckel aufgegangen ist.« Er überlegte und warf der Unsterblichen einen Seitenblick zu. »Ich gehe nämlich nicht davon aus, dass irgendjemand hier gewaltsam durch die Hülle von diesem Raumschiff gelangen kann.«

»Das ist richtig. Übrigens ist das kein Raumschiff, sondern eine Hyperraumbarke. So etwas wie ein kleiner Notfallcontainer für wichtige Fracht, die abgeworfen werden kann. Kein eigener Antrieb und damit auch keine Möglichkeit abzubremsen.«

»Aber es hat doch abgebremst, sonst wäre es ja wie Kassandra eingeschlagen, oder?«

»Das ist richtig. Noch ein Grund mehr, warum wir denjenigen finden müssen, der in dieser Barke gereist ist.«

»Leider hast du offenbar alle verscheucht, die uns etwas über den Passagier sagen könnten«, warf Shaka beiläufig ein und Soroush dachte schon, dass Cheileen auf diese Provokation gereizt reagieren könnte, doch stattdessen ignorierte sie die Scharfschützin einfach.

»Ich brauche eure Hilfe. Wir müssen uns umhören, schätze ich, aber die meisten Schürfer sprechen vermutlich dieses seltsame Kauderwelsch.«

»Citydialekt«, sagte er.

»Es kommt jemand«, stellte die Unsterbliche fest, als kurz darauf eine neue Stimme zu hören war.

»Ihr seid nicht von hier«, sagte sie und Soroush fuhr erschrocken herum. In dem Durchbruch, durch den sie hereingekommen waren, stand ein dunkelhäutiger Mann in einem langen fleckigen Mantel mit breitkrempigem Hut, von dem das Regenwasser tropfte. Ein buschiger Vollbart umrahmte breite Wangenknochen und ein vorspringendes Kinn.

»Verzieh dich«, forderte Shaka ihn mit gehobenem Revolver auf, doch den Fremden schien das nicht zu beeindrucken.

»Ich bin kein Schürfer«, antwortete er. »Ich bin Techniker. Man nennt mich hier Bulle.«

»Fantastisch, Bulle. Und jetzt gebe ich dir noch drei Sekunden, das Weite zu suchen. Drei, zwei …«, Shaka zielte auf den Kopf des Mannes, der beschwichtigend die Hände hob.

»Ich weiß, wen ihr sucht.«

Endlich drehte sich Cheileen um und drückte die Pistole in Shakas Hand herunter. »Wen suchen wir?«

»Eine Person. Sie stieg aus diesem Ding heraus, nackt wie Gott sie geschaffen hat und ist dann einfach hinausmarschiert. Es war niemand hier außer mir. Ich habe mich drüben auf der anderen Straßenseite versteckt. Der Einschlag hat ganz schön Chaos gestiftet. Als Gullos Leute kamen, war die Person schon wegspaziert«, erklärte Bulle und trat vorsichtig näher, als Cheileen ihm einen Wink gab.

»Wo ist sie hingegangen?«, fragte Soroush, blieb jedoch angespannt. Es konnte eine Falle sein, womöglich war es das auch.

»Sie ist hier raus und dann nach links.« Bulle folgte seiner Erklärung mit Gesten seiner rechten Hand. »Dann wurde sie allerdings von einem Wagen aufgegriffen. Hat sich nicht einmal gewehrt, sah ziemlich verwirrt aus.«

»Was für ein Wagen?«

»Einer von Gullos Wagen. Ich weiß, wo er geparkt wird.«

Cheileen wollte etwas sagen, schien entschlossen, sofort loszulaufen, doch Soroush hielt sie zurück. Wieder musterte sie seine Hand, als er sie anfasste, und er war nicht sicher, ob es sich um Missbilligung oder Verwunderung handelte. Ihre Ausstrahlung war so von Ruhe und Überlegenheit geprägt, dass jeder ihrer Blicke einschüchternd und verunsichernd war.

»Woher weißt du das?«

»Na, ich habe den Wagen gebaut und repariere ihn ständig. Ich kenne alle meine Fahrzeuge«, erklärte der Fremde, als sei es das Selbstverständlichste der Welt. »Ich bin Techniker. Bevor ich beim Oyabune in Ungnade gefallen bin, habe ich Verbrennungsmotoren gebaut.«

»Die Yakuza haben einen Techniker, der das kann, in den Blauen See verbannt?«, fragte Soroush ungläubig.

»Ja.« Wie zum Beweis hob er seine rechte Hand. Der kleine Finger fehlte knapp unterhalb des ersten Gelenks.

»Das ist noch kein Beweis.«

»Nein.« Bulle schüttelte den Kopf und kleine Tropfen flogen dabei von seiner Hutkrempe. »Aber ich bin immer noch der, der weiß, wo die Person ist, und es scheint mir so, als wäre euch das etwas wert.«

»Woher willst du wissen, wo sie ist, nur weil du das Auto gebaut hast?«

»Die Fahrzeuge werden immer in denselben Garagen geparkt, um über die Zeit nicht vom Regen zersetzt zu werden. Also werden sie dorthin gefahren sein und die Person von da aus irgendwohin gebracht haben.«

»Du weißt nicht, wo sie ist, sondern bloß, wo sie als Erstes hingebracht worden sein könnte.«

»Das eine ist an dieser Stelle doch so gut wie das andere, oder?« Bulle verschränkte die Arme vor der Brust. »Was ist nun? Wollt ihr meine Hilfe, oder nicht?«

»Nein, danke. Wir …«

»Was willst du?«, fragte Cheileen und Soroush seufzte.

»Ich will hier raus, und ich habe dein kleines Kunststück eben gesehen. Keine Ahnung was du verbaut hast, aber das ist das erste Mal in fünf Jahren, dass ich jemanden hier unten sehe, dem ich zutrauen würde, aus eigener Kraft aus diesem Drecksloch herauszukommen. Also haben wir eine Abmachung?«

»Du bekommst, was du willst«, versprach sie ihm. »Gehen wir.«

»Sollten wir nicht zumindest kurz darüber reden?«, fragte Shaka.

»Wir müssen die Person finden, und zwar so schnell wie möglich.«

»Aber du hast uns angeheuert, damit wir dich hier durchnavigieren. Wir kennen dieses Pflaster, du nicht. Ein Fehler kann uns das Leben kosten – in deinem Fall vielleicht nicht, aber es könnte deine Zielperson das Leben kosten.«

»Haben Sie einen besseren Anhaltspunkt, um sie zu suchen?«, fragte Cheileen zurück und musterte die kleinere Frau fragend. Die antwortete nicht, sondern verzog bloß den Mund. »Dachte ich es mir. Also gehe ich davon aus, dass Sie sich bloß unentbehrlich halten wollen, weil sie Angst haben, dass ich Sie nicht mehr benötige und dann töte oder zurücklasse.«

Shaka wollte etwas antworten, klappte den Mund aber wieder zu.

»Dachte ich's mir. Also, *Bulle,* zeigen Sie uns den Weg zu dieser Werkstatt.«

Kapitel 12

Charlie

Aetherium, das Observatorium

Charlie starrte fassungslos auf seine Tochter, die nackt wie Gott sie geschaffen hatte, vor ihm stand, reglos und schutzlos, verletzlich und doch auf beunruhigende Art und Weise entspannt.

Nein, das ist nicht meine Tochter, dachte er. *Es kann nicht Seraphina sein. Oh, Seraphina.* Ein Schmerz breitete sich in seinem Herzen aus. Eine Narbe, die nie verheilt, aber zumindest verschlossen war, brach auf. Aus ihr heraus floss ein kaum zu ertragender Strom von Gefühlen, die von Schuldgefühlen über Scham bis hin zu blanker Angst reichten. Es war die Angst, diese Gefühle fühlen zu müssen, verdammt zu sein zu etwas so Schmerzhaftem.

»Was bist du?«, fragte er mit vibrierender Stimme, doch sie antwortete nicht. Stattdessen blickte sie ihn bloß an, die Arme schlaff an ihrer Seite hängend wie bei einem Rohling-Klon vor dem Bewusstseinsdownload.

»Charlie!«, rief Friedrich von oben. »Wer zur Hölle ist das?«

»Das ist …« Er musste gegen die Trockenheit in seiner Kehle anschlucken, bevor er krächzte: »Das ist die Wurzel.« Er räusperte sich und machte einen halben Schritt zurück. »Das ist der Baum, das Faszikulat. Es hat sich irgendwie verändert.«

»Was? Was redest du da?«

»Ich weiß es nicht. Ich weiß es verdammt nochmal nicht!«

»Der Schatten kommt jetzt näher. Er springt nicht mehr.

In zwei Minuten wird er den Planeten erreicht haben. Uns!« Die Stimme des Astronomen überschlug sich beinahe.

»Und was dann?«, rief Charlie laut, ohne das Abbild seiner Tochter aus den Augen zu lassen, das keine zwei Meter vor ihm stand und ihm eine prickelnde Gänsehaut über den Körper jagte. Es war kein angenehmes Prickeln. »Was bist du?«

»Ich weiß es nicht. Aber das kann nicht gut sein. Der Kontakt zu den Satelliten ist bereits abgebrochen!«, antwortete Friedrich schrill, und das Echo seiner Stimme hallte von der Innenseite der Kugel wider, in der sie sich befanden.

»Was bist du?«, wiederholte Charlie und hob eine Hand, als der Impuls übermächtig wurde, seine Tochter zu berühren. *Nicht meine Tochter,* ermahnte er sich. *Nicht meine Tochter.* Als er den Arm wieder senken wollte, erschrak er, denn das Wesen hob ebenfalls eine Hand in seine Richtung. Es war keine fließende Bewegung, sondern eine geradezu mechanische, als wisse es nicht genau, wie seine Muskulatur funktionierte. Als er zurückzuckte, tat das Wesen es ebenfalls, als habe man ihm einen Stromschlag versetzt. Die Weite des Observatoriums wurde mit einem Mal immer kleiner und enger, und Charlie hatte das Gefühl, nicht mehr frei atmen zu können. Sein ganzes Universum schrumpfte zu einem einzigen zähen Augenblick zusammen wie Wasser, das in einen zu kleinen Behälter gepresst wurde und einen Überdruck erzeugte. Er sah nur noch seine Tochter, dieses ebenmäßige ovale Gesicht, das so blendend schön war, dass es ihm den Verstand raubte. Alles an ihr sah natürlich aus, ein echtes Natural-Kind, gezeugt durch die untrennbare Liebe zwischen ihm und seiner Frau Mary. Kein Gen-Sequencing, keine Symbionten, kein NanoWiz. Sie war so geboren worden, wie Menschen früher geboren worden waren, durch die Vermischung der DNA zweierKeimzellen, in einem Liebesakt, der weit über die körperliche Vereinigung von Mutter und Vater hinausging. Erinnerungen an ihre Geburt stiegen in ihm auf, wie er sie das erste Mal in den Armen gehalten hatte und ihre winzige Stirn geküsst hatte. Der Anblick von Mary, vollkommen erschöpft und doch glücklich im Behandlungsbett, vor den Fenstern das blaue Leuchten von Aetherium.

»Was bist du?«, wiederholte er abermals, doch das Wesen verengte bloß kaum merklich die Augen – eine so winzige Bewegung, dass sie ihm beinahe entgangen wäre. Doch es war eine Reaktion, also hörte es ihn. Konnte es ihn verstehen?

»Komm sofort hier hoch!«, rief Friedrich panisch. »Schnell! Die Plattform ist magnetisch abgeschirmt, falls es sich um Strahlung handelt … komm einfach! Los!«

Charlie schluckte und biss die Zähne aufeinander. Dann traf er eine Entscheidung, machte einen Schritt nach vorne und packte das Wesen an der Hand. Seine Haut war ganz warm. *So wie Seraphina.* Die klirrende Aufregung in seinen Gliedern beruhigte sich etwas, als er es mit sich zu dem spiralförmigen Aufgang zerrte. Das Wesen wehrte sich nicht, stolperte erst unbeholfen vor und schien dann nach und nach in einen normalen Laufrhythmus hineinzufinden. So hasteten sie über die Kompositrampe hinauf, angetrieben von einer nahenden Gefahr, die sie nicht einmal sehen konnten. Das Innere des gewaltigen Observatoriums war nach wie vor dieselbe Kugel mit lauter Holoschirmen und runden Luken auf dem Boden, wie zuvor. Das Teleskop steckte immer noch wie ein Speer in der Decke und endete auf der Plattform, die wie das Herz der Anlage in der Mitte schwebte. Gehalten wurde sie von dünnen Streben aus Carbinnanoröhren, die man kaum erkennen konnte, trotz der vielen Lichter von den Holoschirmen, die alles wirken ließen wie eine altmodische Nachrichtenredaktion oder das Kontrollzentrum eines Raumhafens.

Als sie oben ankamen und auf die freie Fläche zwischen Sofa, Replikator und Teleskop stolperten, machte Friedrich große Augen. »Oh, verdammt. *Das* ist … das Faszikulat?«

»Das ist meine Tochter«, antwortete Charlie und seinem Freund fiel alles aus dem Gesicht. Er starrte ihn an wie einen Wahnsinnigen. »Also nein, sie ist nicht meine Tochter, aber das Faszikulat hat irgendwie ihren Körper nachgebaut.«

»Wirklich? Ein menschlicher Körper? Wie ist das möglich?«

Bevor Charlie antworten konnte, gingen die Lichter aus und sie standen in absoluter Finsternis. Er konnte noch immer die Hand seiner Tochter in der seinen spüren. Für einen Augenblick fürchtete er, sie könne sich plötzlich losreißen und ihn angreifen, doch die Finger, die er fühlte, blieben ruhig und bewegungslos.

»Friedrich?«, flüsterte er, als könne er in der Finsternis ein Monster aufwecken.

»Ja? Ich bin hier«, antwortete sein Freund genauso leise. »Ich glaube, der Strom ist ausgefallen.«

»Was du nicht sagst. Funktioniert dein NanoWiz noch?« Charlie versuchte über seine Gedanken den Nanitenschwarm zu steuern, doch genauso gut hätte er versuchen können, Sand in Wasser zu verwandeln. Er hatte keinen Zugriff, konnte weder seine Exosicht aufrufen, noch irgendwelche Informationen abrufen. Er versuchte es mit Vitalfunktionen, dachte an seine Lungen und probierte, seine Luftröhre über die mechanische Klappe der bionischen Hochleistungsfilter zu verschließen, doch auch das klappte nicht. Noch immer ging sein Atem ganz normal.

»Nein, es funktioniert nichts mehr. Verdammt, es ist alles offline, es ist fast, als wäre ich …«

»… ein Natural«, hauchte Charlie und mit einem Mal wurde ihm kalt. Seine Hände wurden schweißnass und begannen zu zittern. Er hatte keinerlei Kontrolle mehr, konnte seinen Atem nicht steuern lassen, die Hormondrüsen nicht abschalten oder aktivieren, seine Amygdala nicht regulieren, seine Herzfrequenz, nichts. Alles geschah von selbst, ohne jegliche Eingriffsmöglichkeiten. Er konnte sich nicht einmal die Körperkerntemperatur, die aktuelle Lage seines Bioms und möglicher Pathogene abrufen. Nichts. Er war nackt, nackt wie ein Natural eben.

Das ist es, was du dir für deine Tochter gewünscht hast, schoss es ihm durch den Kopf. *Ein unverändertes Leben, so wie vor vielen Jahrhunderten, nein über tausend Jahren. Ich fühle mich so …*

»Hilflos!«, sagte Friedrich und seine Stimme klang brüchig. »Ich bin so hilflos. Ich kann auf nichts zugreifen. Mein ganzer Körper ist wie leer.«

»Alle Systeme sind offline.« Charlie versuchte zu begreifen, was das bedeutete, doch er konnte es nicht. Er wusste nicht, warum sein Herz so sehr schlug, war nicht in der Lage, medizinische Diagnoseroutine laufen zu lassen. Er stand vollkommen im Dunkeln, metaphorisch wie real. *Was habe ich Seraphina angetan? Wie konnte ich zulassen, dass meine eigene Tochter in solch einer Unsicherheit lebt? Wie konnte ich das romantisch und gutmütig meinen?*

Sein Herzschlag beschleunigte sich immer mehr und in seiner Brust entstand ein entsetzliches Gefühl von Enge und Schwere zugleich, als stampfte ein Riese auf seinen Rippen herum. Kalter Schweiß brach ihm aus und sein Atem ging schneller.

»Friedrich, ich glaube, ich … ich … ich bekomme einen Herzinfarkt«, stammelte er entsetzt und ließ Seraphinas Hand – die des Wesens – los, um in die Knie zu gehen, und sich mit den Armen auf dem kalten Boden abzustützen. Er musste sterben, konnte spüren, wie sein Herz sich aufblähte und zu explodieren drohte. Das Engegefühl in der Brust wurde zu Schmerzen, die sich bis in seinen Rücken ausweiteten. Sein Puls näherte sich dem Ende, dem finalen Crescendo. Dann spürte er eine Hand auf dem Rücken, keuchte, rang um Atem.

»Charlie? Bist du das?«

»Ja, ich habe eine Herzattacke.«

»Nein, ich glaube, du hast eine Panikattacke.«

»Eine *was?*« Charlie realisierte, dass er die Hand von Seraphina nicht mehr hielt, und es kam ihm wie ein schmerzlicher Verlust vor. Aber da er gerade dabei war, zu sterben, spielte es keine Rolle mehr. Alles verlagerte sich in den Hintergrund, wurde unwichtiger. Was zählte, waren nur noch die Sekunden, die ihm blieben.

»Eine Panikattacke, ich habe darüber gelesen. Du bist in Panik und dein Körper somatisiert!«

»Somatisiert?«

»Ja, du hast körperliche Symptome, die psychisch ausgelöst werden oder so ähnlich. Du musst ruhig atmen und dich nicht dagegen wehren. Lass es einfach geschehen und atme ruhig weiter.« Friedrichs Stimme verstummte für einen Augenblick.

»Friedrich?«, fragte Charlie furchtsam.

»Ich bin hier, ich bin hier. Also, äh, atme einfach tief ein und aus und lass es geschehen. Wehr dich nicht, dann sollte es vorbei sein, glaube ich.«

»*Glaubst du?* Ich sterbe gerade!«

»Ich habe einen verfluchten Artikel gelesen vor Urzeiten!«, rechtfertigte sich der Astronom, als mit einem Mal das Licht wieder anging. Es war nur schwach und gelblich statt Blau, aber es gab Licht. Charlie konnte die geriffelte Struktur des Bodens unter sich erkennen, so nah befand sich sein Gesicht davor. Er legte sich langsam auf den Rücken und sah hinauf zur von Schatten belagerten Kuppel des Observatoriums.

Nicht dagegen wehren, sagte er sich immer wieder wie ein Mantra dieselben Worte vor. *Nicht wehren.* Er atmete ein und aus, versuchte einfach alles geschehen zu lassen und seinen Widerstand gegen die Todesangst fallen zu lassen. Es war gar nicht so schwierig, wie er befürchtet hatte. Im Gegenteil, kam es echter Erleichterung gleich, nicht mehr kämpfen zu müssen, und tatsächlich beruhigte sich sein Herzschlag wieder.

Irgendwann, es fühlte sich wie eine Ewigkeit an, bemerkte er, dass Friedrich seine Hand hielt und besorgt auf ihn hinabsah. Links von ihm stand Seraphina – das Faszikulat-Wesen – und sah ihn unbeteiligt und gleichzeitig neugierig an. Offenbar hatte sie sich keinen Millimeter bewegt.

»Wir haben wieder Strom?«, murmelte er erschöpft.

»Jein. Ich habe eine alte Brennstoffzelle verbaut, noch aus den Tagen, als das Observatorium nicht an das Mikrowellennetz angeschlossen war. Es ist mit alten Kabeln verbunden, die ich aus den Teslaspulen selbst zusammengefrickelt habe«, erklärte Friedrich und sah sich vorsichtig auf der Plattform um, als könne das Licht jederzeit wieder ausgehen, wenn er zu genau hinschaute.

»Aber der Rest? Alles ist offline?« Charlie sah sich nach den Holoschirmen um, doch ihr blauer Schein war nach wie vor nicht mehr da. »Was ist mit dem Schatten?«

»Ich weiß es nicht. Ich schätze, er hat uns erreicht, den Planeten eingehüllt, ist durch uns durchgeflogen. Keine Ahnung.«

»Aber warum funktionieren die Kabel und die Brennstoffzelle, aber alles andere nicht?«

»Das Mikrowellengrid verschafft uns überall frei verfügbare Energie mittels des Strahlenrasters. Vielleicht hat der Effekt nur darauf Einfluss?«

»Aber unsere Symbionten und Feldsysteme?«

»Das stimmt. Dann liegt es vielleicht an einem Quantenverzerrungseffekt. Sämtliche Hochtechnologie aus den Replikatoren funktioniert mittels Quantentechnologie«, sinnierte Friedrich. »Es bräuchte im Grunde genommen nur einen Beobachtungsprozess irgendeiner Art, der den Spinzustand der Quanten festlegt, und schon würden unsere Systeme nicht mehr so funktionieren, wie sie sollten.« Der Astronom machte eine Pause und schüttelte dann den Kopf. »Aber was rede ich? Das ist alles Spekulation. Wir müssen herausfinden, was hier wirklich los ist.«

Charlie rappelte sich langsam auf und ließ sich von seinem Freund helfen. Dabei ließ er Seraphina nicht aus den Augen. Das Aethericum-Konstrukt stand einfach nur reglos da und sah ihnen zu. Aufmerksam und apathisch zugleich. Vielleicht lag dieser Eindruck aber auch bloß daran, dass in ihren Augen nichts Menschliches lag. Es war schwer in Worte zu fassen, aber es fehlte ihnen dieser Glanz, das gewisse Etwas der Menschlichkeit.

»Wie hoch ist das Energieaufkommen dieser Baustoffzelle?«, fragte er und kam mit zittrigen Beinen auf die Füße.

»Brennstoffzelle«, korrigierte Friedrich ihn und ging hinüber zum Teleskop. »Ich weiß es ehrlich gesagt nicht. Am Anfang reichte es für den Nahrungsreplikator und den Recycler. Auch für die Heizung.« Der Astronom schien das Wesen nicht einmal zu bemerken, das an der Seite stand und auch ihn beobachtete.

»Kannst du nicht eine Systemanzeige aufrufen?«

»Wie denn? Hier funktioniert alles mit Holoschirmen und mit meiner Exosicht, aber beides funktioniert nicht mehr. Was ich noch ausprobieren möchte, ist das Teleskop. Es hat ein integriertes Magnifikationsdisplay. Wenn ich auf eine der … ah, nein. Quantencomputer. Das wird nicht klappen.«

»Es ist doch nur eine Theorie, dachte ich.«

»Ja, aber sie scheint zu stimmen. Das Einzige, was noch

funktioniert, ist der Steuercomputer der Brennstoffzelle, aber darauf kann ich nicht zugreifen.« Sein Freund wandte sich frustriert von dem Teleskop ab, da schien ihm eine Idee zu kommen. Er deutete nachdenklich auf Charlie, der abwechselnd ihn und das Faszikulat-Wesen musterte.

»Was ist?«

»Wir müssen hier raus.«

»Was? Warum?«

»Das Lebenserhaltungssystem, es läuft nicht über die Kabel. Die habe ich vor dreißig Jahren zurückgebaut um daraus …«

»Ist doch egal, was du daraus gemacht hast«, sagte Charlie entnervt. »Wir müssen hier raus!« Noch während er die Worte aussprach, spürte er, wie ihm das Atmen anfing, schwerer zu fallen. Außerdem war es schon seit einiger Zeit unangenehm kalt.

»Raus, raus, raus!«, drängte Friedrich und machte eine scheuchende Geste mit seinen Händen.

»Aber wir haben Seraphina hier und wissen gar nicht …«

»Egal! Ich kenne die Notfallprozeduren. Bei einem kompletten Systemausfall müssen wir sofort evakuieren. Also los zur Kapsel!«

Charlie ließ sich von der ansteigenden Furcht in Stimme und Gesicht seines Freundes langsam anstecken und lief zu Seraphina – noch immer konnte er nur seine Tochter in dem Wesen sehen – um wieder ihre Hand zu greifen. Jeder Schritt war ungewohnt anstrengend, und seine Lungen fühlten sich an wie ausgewrungene Waschlappen. Gemeinsam liefen sie die Spiralrampe wieder hinunter und die Leuchtstreifen an den Wänden, offenbar so etwas wie Notfallbeleuchtung, die direkt mit dieser Brennstoffzelle verbunden war, flackerte dabei bedrohlich. Bis sie in Friedrichs Windschatten die morphende Luke erreicht hatten, war Charlie bereits fix und fertig.

Er fühlte sich, als wäre er gerade einen Marathon gelaufen – was für seinen genetisch veränderten Hochleistungskörper mit Symbionten normalerweise nicht mehr als eine Aufwärmübung gewesen wäre. Aber all das half ihm jetzt nichts mehr, war nur totes Gewicht in seinem Körper, das er jetzt unverbessert mit sich herumschleppen musste.

»Die Tür«, japste er. »Programmiertes Polysmart, schätze ich?«

»Ja«, knurrte Friedrich und schlug frustriert gegen das blassgraue Material. Es wurde immer schwieriger, zu atmen.

Da trat das Faszikulat-Wesen mit dem Körperreplikat seiner Tochter vor und imitierte seinen Schlag. Ihre zarte Faust verharrte jedoch darauf und löste sich langsam in blaues Faszikulat auf, das sich über dem Polysmart verteilte, immer weiter ausdünnte und dann aussah wie ein blasser Schimmer. Kurz darauf löste sich die Wand im betroffenen Bereich einfach auf.

»Sch... Scheiße«, stieß Charlie ruckartig hervor. »Egal. So... so... argh. Sofort. Raus.«

Friedrich ließ sich nicht zweimal bitten und kletterte durch das Loch hinaus. Es sah reichlich unbeholfen aus, wie er sich durch die winzige Öffnung zwängte, doch es schien zu funktionieren. Seraphina aber blieb einfach stehen und sah ihm dabei zu.

»Los!«, forderte Charlie sie auf. »R-r-raus.« Als sie keine Anstalten machte, sich zu bewegen, fasste er sie an den Armen – der rechte endete jetzt in einem Stumpf unter dem Ellenbogen – und schob sie auf das Loch zu. Erst jetzt wurde sie tätig und kletterte hinaus, jede Bewegung tollpatschig und roboterhaft, als wäre sie falsch programmiert. Er selbst kroch hinterher, keuchte, als er mit dem Bauch über das grob zersetzte Material kratzte und draußen in der Eiseskälte von Friedrich aufgefangen wurde, dessen Haut von dichtem Raureif überzogen war. Gemeinsam eilten sie zu der AntiGrav-Kapsel, mit der Charlie hergekommen war. Der Wind pfiff dabei um ihre Ohren und riss brutal an ihrer Kleidung. Ohne ihre Symbionten und den NanoWiz würden sie innerhalb weniger Minuten erfrieren, wenn sie nicht sofort Schutz fanden. Der geringe Druck in so vielen Kilometern Höhe zog ihnen schneller die Luft aus der Lunge, als sie dagegen anatmen konnten, zumal hier oben kaum Sauerstoff vorhanden war.

Glücklicherweise öffnete sich augenblicklich eine Notschleuse in der transparenten Kapselhülle, denn entsprechend den Notfallregularien besaßen Kapseln bestimmte Kernkomponenten wie eine Schleuse für den Ausstieg während eines technischen Fehlers des Primärsystems. Ansonsten war da noch der nanonische Schaum als Unfallschutz, der über redundante Kabelsysteme ausgelöst werden konnte. Also kletterten sie hinein, und es wackelte sofort stark, als befänden sie sich bei starkem Wellengang auf hoher See.

Die Kapsel schwebt nicht mehr, ohne einen funktionierenden Energiekern. Wir sind wie eine Murmel auf einer Rüttelplatte, dachte er schockiert, als hinter ihm die Notschleuse zuging. Nun saßen sie im Inneren der transparenten Kugel, in der es noch immer nur einen Sitz gab. Die Kabine konnte sich nicht neu morphen und an drei Fahrgäste anpassen, sie war einfach tot. Offline.

»Unten am Fuß des Berges gibt es eine Ressourcenstation der Fujimoto-Dynastie. Die bauen Lithium und Cobalt ab«, sagte Friedrich bibbernd und blies sich warme Atemluft in die Hände, während er sprach.

»Ein Roboterhub?«

»J-ja. Mit einem Massekatapult für Orbitaltransfers zu den Hyperraumfeldern.«

»Das wird doch alles offline …« Charlie schnappte nach Luft. »Offline sein.«

»Egal. Wir müssen hier runter. W-w-wenn wir unser Gewicht verlagern, stürzen w-w-wir den Berg hinab. Die Kapsel ist aus monogebundenem Komposit und wird n-n-nichtmal eine Schramme abbekommen.«

»Und wir sind geschützt, weil der nanonische Schaum Teil des analogen Redundanzsystems ist.« Er wartete nicht ab, sondern bugsierte Seraphina in den Sitz, bevor er sich mit Friedrich nach vorne begab, wo die Hülle der Kugel, die wie Glas aussah, erste Spuren von Eisbelag zeigte. Die tonnenschwere Kapsel fing sofort an, nach vorne zu rollen. Charlies Magen verkrampfte sich, als er über die Kante der Landeplattform sehen konnte. Es ging ein Dutzend Meter bergab auf einen Ausläufer des Gebirges zu, der sich wie eine Schlange aus schneebedecktem Felsgestein in das Wolkenmeer hinab wand.

»Ich hoffe, du hast recht. Halt dich fest, der Schaum wird erst nach dem ersten Aufprall herauskommen«, rief er und kletterte rasch hinter den Sitz, auf dem das Faszikulat-Wesen saß und unbeteiligt beobachtete, was geschah. Einem Reflex folgend, den er beim Anblick seiner Tochter – ob sie es nun war oder nicht – nicht ignorieren konnte, packte er sie von hinten, knapp unter ihren Brüsten. Wie ein Sicherheitsgurt verschränkte er seine Hände und zog sie zurück, sodass er ihren Rücken und seine Brust gegen die Sitzlehne drückte. Dann ging es auch schon über den Kipppunkt, und die Kapsel stürzte hinab. Friedrich schrie und versuchte sich halb an Charlie, halb an dem Sitz festzuklammern. Durch die Front der Kapsel sah es aus, als würde der Boden herangezoomt, und der Aufprall war schneller da, als er es für möglich gehalten hätte. Es knallte und polterte ohrenbetäubend laut, Schnee und Gesteinssplitter wurden aufgepeitscht und Charlie und Friedrich nach unten gerissen. Alles geschah gleichzeitig und in einem einzigen Augenblick, und doch kam es ihm vor, als laufe die Welt in Zeitlupe weiter. Er sah alles ganz klar, auch als der nanonische Schaum in die Kabine schoss. Die weiße Masse wurde unter Hochdruck aus mehreren Düsen im Boden gepumpt und füllte alles aus, noch bevor er gegen die Kapselhülle krachen konnte. In einem kurzen klaren Moment atmete er tief ein, und dann härtete das Material auch schon aus und verwandelte die Kapsel in einen Flummi, der so ziemlich jedem Aufprall standhalten konnte. Charlie wurde wie ein Fossil in Bernstein gefangen, spürte keinerlei Erschütterungen mehr, obwohl Innenohren und Kleinhirn ihm klar machten, dass er sich überschlug und um mehrere Achsen drehte. Ihm wurde furchtbar übel, und erst jetzt begann echte Panik in ihm aufzusteigen, als ihm eines bewusst wurde: Der Notfallschaum war für normale Menschen entwickelt worden, solche, die über ein NanoWiz und Symbionten verfügten. Solche, die Brechreiz, Schmerzen und Sinnesstörungen jederzeit abschalten oder manipulieren konnten. Jetzt aber konnte er auf nichts zugreifen, nicht einmal auf die Sauerstoffsättigung seines Blutes. Normalerweise hätte er seinen NanoWiz dafür sorgen lassen, dass er in einen Torpor wechselte, bis Rettungskräfte ihn bargen und sein Stoffwechsel wieder hochgefahren werden konnte. Nun musste er hoffen, dass er einige Minuten die Luft anhalten konnte, und die Kapsel nicht länger brauchte, bis sie zum Stillstand kam. Sollte er sich übergeben, würde er an seinem eigenen Erbrochenen ersticken – bei seiner aktuellen Übelkeit eine durchaus realistische wie erschreckende Aussicht. Mund und Nase waren zu, alles war umgeben von dem ausgehärteten Schaum, der wie sich wie Gummi anfühlte, immer ein wenig nachgab, aber doch nicht genug, um auch nur den kleinen Finger heben zu können. Alles drehte sich, so schnell und um immer wieder wechselnde Achsen, dass Charlie das Gefühl hatte, sein Gehirn verwandle sich in Matsch. Die Luft in seinen Lungen löste sich rasch vom Sauerstoff, der ins Blut überging, und der Drang, den Mund aufzureißen und einzuatmen, wurde unerträglich. Es machte ihn wahnsinnig, nichts zu sehen, nicht zu wissen was vor sich ging und gleichzeitig von Gedanken daran malträtiert zu werden, dass er möglicherweise noch kilometerweit von Hilfe entfernt war – falls es überhaupt Hilfe gab.

Irgendwann – es fühlte sich wie eine Ewigkeit an, in der er durch zusammengepresste Bronchien zu atmen versuchte – bekam er heftige Kopfschmerzen und spürte, dass der Erstickungstod sehr nahe war. Seine Gedanken waren zäh und entrückt wie Wolken am fernen Horizont, bis es auf einmal hell wurde. Der Schaum verflüssigte sich, und Charlie atmete heiser ein. Die Luft war kalt und schneidend und doch das Süßeste, was er jemals gekostet hatte. Er musste mehrfach blinzeln, bis er die Augen geöffnet halten konnte, während seine Brust auf und ab hüpfte wie ein Blasebalg. Bruchstücke der Kapselhülle lagen um sie herum verteilt, umgeben von verflüssigtem nanonischen Schaum, der wie Badeschaum aussah. Friedrich lag neben ihm auf dem Rücken, hatte Mund und Augen aufgerissen wie ein Fisch, der an Land gezogen wurde, während das Faszikulat-Wesen einige Schritte von ihnen entfernt stand und die sie umgebenden Bäume ansah. Sie leuchteten blau im Takt ihres Pulses und waren für Charlie sowohl beruhigend als auch beängstigend.

»Bist du okay?«, fragte er heiser und musste sich mehrfach räuspern. Seine Luftröhre fühlte sich an, als wäre sie mit Schmirgelpapier bearbeitet worden.

»Ich denke schon«, keuchte sein Freund zur Antwort und wandte sich langsam auf die Seite, um sich aufzurichten. »Wir sind am Fuß des Berges.«

Charlie folgte dem Blick des Astronomen und sah hinter ihnen eine beeindruckende Schneise im rasch ansteigenden

Wald. Sie reichte weit hinauf bis zur Wolkendecke, die zugegebenermaßen recht tief hing. Die Kapsel war offenbar durch ihr enormes Gewicht wie eine Kanonenkugel durch die Vegetation geschlagen.

»Sind wir in der Nähe des Roboterhubs?«

»Ich weiß es nicht.« Friedrich schüttelte den Kopf. »Aber wenn da oben der Berg ist, muss sie ganz sicher in die andere Richtung sein und damit auch die Hyperraumbarke.«

»Aber was sollen wir mit einer Barke? Die sind doch für kleine Behälter gemacht, und in den Hyperraum können wir nicht«, wandte Charlie ein.

»Nein, können wir nicht. Aber wir können mit ihr in den Orbit und nach Star City gelangen. Ihre Start- und Bremstriebwerke funktionieren ohne Quanteneffekte. Sonst sitzen wir hier fest.«

»Dann sollten wir los, mir wird langsam kalt.« Charlie richtete sich gänzlich auf, reichte Friedrich die Hand und half ihm hoch. Sie wandten sich beide zu dem Faszikulat-Wesen um, das in diesem Moment den Baum losließ, den es berührt hatte, und sich zu ihnen umdrehte. Sein Arm war wieder dort, wo er zuvor noch in einem Stumpf geendet hatte. Er schimmerte bläulich, doch der Effekt ließ rapide nach, bis die Haut ganz normal aussah.

Kapitel 13

Soroush

Erde, Seattle

Bulle führte sie hinter einer Reihe von grob zusammengefügten Wellblechhütten in Richtung Süden und bedeutete ihnen immer wieder, sich zu ducken. Meist, wenn Fahrzeuge über die parallel verlaufende ›Straße‹ – ein schlammiger Weg zwischen den improvisierten Häusern und Hütten – polterten und die Fassaden ringsherum mit Matsch bespritzten. Einmal konnte Soroush durch zwei Beschläge hindurch eine Kolonne Schürfer sehen, die mit hängenden Köpfen und Spitzhacken, die sie hinter sich her schleiften wie Zombies, von einigen Wärtern gen Norden getrieben wurden. Dann setzte irgendwann der Regen ein, und Soroush zog zu spät seine Kapuze hoch, weshalb seine Haut anfing zu brennen, als hätte sie jemand mit Sandpapier abgerieben und Chilipulver drauf gestreut. Shaka schien es ähnlich zu gehen, da sie sich unablässig mit grimmiger Miene über das Gesicht wischte, was es nur noch schlimmer machte.

Unangenehmer als der saure Regen war allerdings der Gestank. Je weiter sie nach Süden kamen, desto intensiver roch es nach Fäkalien und ungewaschener Kleidung und Schimmel – eine Mischung, die ihn mehrfach zum Würgen brachte, obwohl er einiges gewohnt war. Im Krater gab es nichts außer dem Krater selbst – weder ein echtes Versorgungssystem, noch Abwasserrohre oder Kanäle. Wohin sollten die klärwürdigen Dinge auch fließen? Im Grunde genommen war der Blaue See wie eine übergroße trockene Badewanne. Die Frage war bloß, wie lange er noch trocken sein würde. Das Erdreich saugte ein bisschen auf, war aber immer vom Regenwasser überflutet und es ging einfach nicht schnell genug.

Es dauerte etwa eine halbe Stunde, bis sie auf ein Gebäude aus Plasbeton stießen, das wie ein vierstöckiger Monolith ihren Weg versperrte. Durch die Fenster im ersten Stock war das unruhige Flackern von Kerzenlicht oder Feuern zu sehen, also drückten sie sich mit ihren Rücken gegen die feuchte Wand. Sie war von schwarzem Schimmel bedeckt und sah aus, als wäre sie schon einmal abgebrannt.

»Das hier ist einer der Gang-Hubs«, zischte Bulle von der Seite. »Hier geht wirklich kranker Scheiß ab. Wir müssen auf die andere Seite und dann eine Gasse nach rechts. Dort befindet sich die Werkstatt.«

»Gibt es im gesamten Erdgeschoss keine Fenster?«, fragte Soroush gedämpft über das Prasseln des Regens hinweg. Der Schwefelgeruch nahm stetig zu und erinnerte an verfaulte Eier.

»Nein. Aber einen Eingang auf der anderen Seite. Dort lungern immer irgendwelche von Gullos Leuten herum. Bei der Stärke des Regens könnten wir aber Glück haben.«

»Dann los«, drängte Cheileen ungeduldig. »Wir dürfen keine Zeit verlieren.«

»Mh«, machte Bulle und tippte sich an die breite Krempe seines Huts. »Aber vorsichtig, wenn uns jemand erwischt, ist hier in kürzester Zeit die Hölle los.«

Die Unsterbliche machte eine wegwerfende Handbewegung.

»Sie können vielleicht alle umbringen«, wandte der dunkelhäutige Techniker ein, »aber nicht verhindern, dass bei einem Alarm Ihre Zielperson fortgeschafft wird. Wenn hier unten einmal etwas verschwindet, dann für immer.«

»Und da es sich um eine Person aus dem Orbit handelt,

wird man draußen schon dafür sorgen, dass sie sofort aus dem Krater rausgeschafft wird«, fügte Shaka hinzu. Sie stand direkt neben Soroush und überprüfte gerade die Trommel des Revolvers. Dicke Regentropfen zerplatzten auf dem rostigen Metall und liefen über den Lauf.

»Also gut.« Cheileen deutete nach links, die Haare klebten ihr in nassen Strähnen im Gesicht, doch es schien sie nicht zu kümmern. Er konnte auch keinen Ausschlag auf ihrer Haut erkennen. Wie gern er doch gewusst hätte, wie sie das anstellte.

Bulle nickte bloß und setzte sich dann in Bewegung. Mit dem Rücken blieb er an die dunkle Wand gedrückt, mit den Füßen arbeitete er sich nach links vor, um die rechte Hausecke zu erreichen, wo er prüfend den Kopf neigte und ihnen schließlich einen Wink gab. Im Gänsemarsch folgten sie ihm durch dicken Schlamm, der aus Erde, Abfällen und menschlichen Ausscheidungen bestand und ihnen bis zu den Waden reichte. Sie zogen die Füße einfach immer nach, um nicht beim Auftreten zu laute Geräusche zu machen.

Ihr Weg führte sie zwischen dem Haus und einer Baracke hindurch, die offenbar als Lagerhalle diente und aus alten Holzlatten zusammengezimmert war, die bereits vom toxischen Regen halb zersetzt waren. Grobe Flicken aus Plastikplanen waren über Löcher gespannt worden und mit großen Steinen fixiert. Durch eine Menge Lücken und Risse in der schiefen Holzwand drang bläuliches Licht heraus, also handelte es sich offenbar um eine Lagerstätte für Aethericum. Zwischen zerlaufenem Graffiti und dem Holzverschlag schlichen sie immer weiter und hielten ab und zu wieder an, wenn Bulle versuchte zu lauschen. Hätte Soroushs Geräuschfilter noch funktioniert, hätte er auf fünfzig Meter eine Stecknadel fallen gehört, doch so war lediglich das Rauschen des Regens auf dem Schlamm so laut, als stünde er direkt unter einem Wasserfall.

Vor dem Eingang der Gangerunterkunft stand glücklicherweise niemand, der sich dem toxischen Regen aussetzen wollte. So konnten sie unbemerkt nach rechts abbiegen – in eine weitere Gasse zwischen Wellblechverschlägen und Hütten, die halb aus Holz- und Metallstangen und halb aus verrottenden Zeltbahnen bestanden. Aus dem Inneren, das kaum vor dem widerwärtigen Schlamm geschützt war, drangen die unterschiedlichsten Geräusche an ihre Ohren: mal ein Wehklagen, mal laute Streitgespräche, mal Würgen und Erbrechen und mal gedämpfte Gesänge. Es war eine Kakofonie des Elends, und Soroush wünschte sich nur noch, schnellstmöglich von hier fortzukommen. Er hätte nie gedacht, dass ihm nach einem Leben in Seattle jemals ein Ort unterkommen würde, der ihm die Nackenhaare zu Berge stehen lassen würde. Das Töten und Getötetwerden der Stadt war ein konstanter Stressfaktor und Elend sah man an jeder Straßenecke – ebenso wie Gefahr. Dennoch war das hier etwas ganz anderes, eher ein Konzentrationslager.

Die Werkstatt, zu der Bulle sie führte, war ein großer Kubus aus Plasbeton mit transparentem Plastik als Fenstern im zweiten Stock, die so schmutzig waren, dass man gerade noch erkennen konnte, dass dahinter Licht brannte. Die dreckige Wand vor ihnen war von zwei Blutflecken besudelt, die sich von der grau-schwarzen Schicht aus Schimmel und Schlammspritzern abhoben. Diese Art von schmetterlingsförmigen Blutrückständen kannte er nur zu gut: Sie entstanden immer dort, wo Menschen an die Wand gestellt und mit Kopfschüssen exekutiert wurden. Die Mafia tat das häufiger in Vierteln, in denen sich die Zahlungs- und Abgabemoral nicht ihren Vorstellungen entsprechend verhielt. Ironischerweise waren diese Zeichen von für ihn »normaler« Gewalt an diesem Ort geradezu harmlos. So langsam näherte er sich innerlich einem Punkt, an dem er am liebsten alles in Brand gesteckt hätte, um diese Schande der Menschheit auszuräuchern.

Bulle hielt vor einem Rolltor an, das zur Hälfte geöffnet war und drückte sich an die Wand daneben. Aus dem Inneren war Gelächter zu hören, gefolgt von männlichen Stimmen, die wild miteinander diskutierten.

»Das Auto müsste da drinnen sein, wenn sie nicht von allem abgewichen sind, was sie bisher getan haben«, zischte der Mechaniker unter seinem Hut hervor. »Der Ort ist gut bewacht, die Fahrzeuge sind den Gangs das Heiligste. Passt also gut auf.«

Cheileen nickte bloß, ging an Bulle vorbei und duckte sich unter dem Rolltor hindurch ins Innere.

»Oder wir scheißen darauf und gehen einfach so hinein«, seufzte er.

Soroush fluchte und folgte der Unsterblichen hinein in die Werkstatt. Shaka blieb dicht neben ihm, den Revolver fest in der Hand. Das Innere der großen Halle war erstaunlich geräumig und ordentlich. Es gab nur einen großen Raum von der Größe zweier Tennisplätze mit einem durch grob zusammengeschweißte Metallplatten abgetrennten Zimmer, wie ein Büro oder etwas dergleichen. Zwei Jeeps standen links geparkt und schmutzige Reifenspuren führten von ihnen zum Rolltor. Ein weiteres Fahrzeug, länger und bulliger als die anderen, war von einer fleckigen Plane bedeckt. Licht spendeten ein paar Leuchtstoffröhren an der Decke, die eine kalte, tote Atmosphäre erzeugten. Außerdem war da noch ein knappes Dutzend Ganger, die auf der freien Fläche dazwischen standen und selbstgedrehte Zigaretten rauchten. Einer von ihnen zog sich gerade eine Spritze aus dem Arm und reichte sie seinem Nachbarn, der sich den Rest des Inhalts in den Arm jagte. Sie sahen nicht so krank und abgewrackt aus wie die anderen, die er bisher gesehen hatte, und einige trugen sogar Pistolen und kurze Schrotflinten bei sich.

Als sie bemerkten, dass sie Besuch bekamen, löste sich der Pulk auf und bildete einen Halbkreis. Waffen wurden gezogen und einer – der Größte von ihnen – klatschte in die Hände.

»Wen haben wir denn da? Habt ihr euch verlaufen?«, er klang freundlich, doch sein wölfisches Grinsen unterstrich nur die Boshaftigkeit in seinen Augen. Er fühlte sich offenbar wie ein Wolf, in dessen Höhle sich ein paar Schafe verlaufen hatten, und das, was in seinem Blick aufblitzte, hielt Soroush mit einiger Sicherheit für Vorfreude.

»Ihr habt eine Person aus der Hyperraumbarke verschleppt«, kam Cheileen direkt zum Punkt und wischte sich das nasse Haar aus dem Gesicht. »Wo ist sie?«

»Wow, so hübsch und gleichzeitig so vorlaut«, höhnte der Große und verzog anerkennend den Mund, bevor er sich halb zu seinen Kameraden wandte, die nun ebenfalls wölfisch grinsten.

»Ich habe keine Geduld für euer tierisches Gebaren.« Die Stimme der Unsterblichen troff vor Verachtung und Ungeduld. »Ich zähle nicht bis drei, und ich frage nicht noch einmal.«

»Oh, eine wilde Bestie ist in unseren Bau gekommen, da …« Weiter kam der Große nicht, da Cheileen plötzlich direkt vor ihm stand. Ein Arm war ausgestreckt und steckte bis zum Ellenbogen in der Brust des Gangers. Seine Augen waren aufgerissen, der Blick ungläubig und sämtliche Farbe wich aus seinem Gesicht. Dann zog sie ruckartig den blutverschmierten Arm zurück, und er ging wie ein nasser Sack zu Boden. Cheileen öffnete die Hand und ließ etwas fallen, das Soroush beinahe zum Würgen brachte, sobald er begriff, um was es sich handelte.

»Der Nächste: Wo ist die Person, die ihr aus der Hyperraumbarke geborgen habt?«, fragte die Unsterbliche ungerührt und sah sich im Halbkreis um. Den roten Arm mit den bluttriefenden Fingern hatte sie wieder gesenkt.

»D-da drinnen!«, rief ein kleiner Kerl mit langen Haaren und streckte eine Hand in Richtung des abgetrennten Raumes aus.

»Geht doch.« Cheileen ging los, hielt jedoch abrupt inne.

»Was ist?«, fragte Shaka alarmiert und erschrak genau wie Soroush, als ihre Auftraggeberin zu ihnen herumfuhr.

»Gute Vorarbeit«, sagte eine neue Stimme hinter ihnen, die so selbstsicher und abgeklärt klang, dass es beinahe unwirklich war.

Soroush sprang zur Seite und zog instinktiv Shaka mit sich. Der Neuankömmling war ein Mann von unbestimmbarem Alter mit adretter Frisur und hagerem Gesicht. Er trug einen Nadelstreifenanzug und hatte offenbar nicht einen einzigen Tropfen Regen abbekommen. Die Ganger wichen unsicher zurück zu den Seiten, sodass sich eine Art Spalier der Angst zwischen Cheileen und dem Fremden bildete.

»Cheileen Marquandt, nehme ich an.« Der Fremde lächelte entspannt. »Ich habe mir schon gedacht, dass Ihre Dynastie das schärfste Messer aus ihrer Schublade zieht.«

»Drago Stvasnokje«, erwiderte die Angesprochene und obwohl sie vollkommen durchnässt war und ihr Haar nicht mehr in blonden Locken um ihre Schultern wallte, war sie doch ein makelloses Abbild von Selbstsicherheit und Schönheit. Soroush konnte die knisternde Anspannung in der Werkstatt spüren, die so gar nicht zu dem scheinbar ruhigen Gespräch zwischen den beiden Unsterblichen passen wollte. Warum sie wohl nass geworden war? Funktionierte ihr Kraftfeld nicht mehr? »Sie sind mir also gefolgt, um an das Paket zu gelangen. Kluge Entscheidung.«

»Sie mögen das vielleicht für eine Schwäche halten, weil ich nicht selbst auf die Idee gekommen bin, zwei *Crawler*«, Dragos Mundwinkel verzogen sich zu einem höhnischen Lächeln, als er dieses Wort aussprach, »anzuheuern. Aber ich setze mein Guthaben gerne auf die Vorarbeit anderer. Das macht den Einsatz deutlich geringer, und ich muss nicht mit diesen Tieren«, er sah mit gerümpfter Nase zu Soroush und Shaka, »verkehren. Ich bin wirklich beeindruckt, welchen Preis Sie zu zahlen bereit sind, um Ihr Ziel zu erreichen. Wirklich erstaunlich.«

Soroush packte Shaka am Arm, als diese mit bebenden Fäusten eine Bewegung nach vorne machen wollte, und hielt sie zurück. Der Fremde schien es aus den Augenwinkeln zu bemerken, und ein belustigtes Lächeln umspielte seine schmalen Lippen, vielleicht lag aber auch eine Spur Enttäuschung darin.

»Ich war zuerst hier«, antwortete Cheileen schlicht. »Also kannst du wieder gehen. Oder willst du den Orbitalfrieden ignorieren?«

»Wir sind nicht im Orbit.«

»Nein, das sind wir nicht, aber ich bin mir sicher, dass der Orbitalrat keinen großen Unterschied in der Bewertung der Umstände machen wird.«

»Der Orbitalrat interessiert mich nicht. Das Paket hingegen schon.«

»Äh, izvinite con gente, yo. Können me compas et mo wegjabben?«, nuschelte einer der Ganger kleinlaut im Citydialekt. Der Fremde hob eine Braue, sah zu dem Kerl mit der abgesägten Schrotflinte und hob einen Arm in dessen Richtung. Soroush meinte, die Luft kurz aufflimmern zu sehen, als hätte sich ein durchsichtiger Strahl gebildet, dann platzte das Gangmitglied wie eine mit Blut gefüllte Wasserbombe. Das klatschende Geräusch, als die Überreste seine umstehenden Kameraden traf, war überraschend laut. Der Fremde hatte wohl erwartet, dass die Ganger in Panik ausbrechen und weglaufen würden, doch das zeigte nur, wie wenig er Seattle kannte. Der Tod lauerte hier hinter jeder Ecke, und das Einzige, was einen Überlebenden von einem Opfer unterschied, war die Bereitschaft, jeden Augenblick zu kämpfen, statt den Kopf einzuziehen.

Soroush hatte bereits sein NeuraWire aktiviert und die Zeit verlangsamte sich, als das Dutzend verbliebener Ganger ihre Waffen hoben und zu feuern begannen. Das absolute Chaos brach aus, als sich die Werkstatt mit Projektilen und Schrot füllte. Überall flammten Funken auf wie Schwärme gleißender Glühwürmchen. Die unmodifizierten Aufseher bewegten sich wie in Zeitlupe, während Cheileen und Drago zwischen ihnen einherspazierten wie Engel des Todes. Wo sie ihre Arme ausstreckten, zerplatzten Körper wie überreife Früchte und wo sie sich mit eleganten Ausweichbewegungen den vollkommen chancenlosen Gangern näherten, mähten sie diese mit kurzen Tritten und Schlägen nieder. Das war kein Kampf, es war ein Gemetzel. Sie mussten etwas unternehmen, denn Soroush wusste, dass sie ein Problem hätten, wenn der fremde Unsterbliche gewann.

Er gab Bulle, der gerade durch das Rolltor hereinkam und wie versteinert die Szenerie des Grauens beobachtete, einen Wink. Er war unverkabelt, so viel stand fest, also war er praktisch nicht zu gebrauchen. Shaka hingegen erzitterte bereits unter dem Hormonschub ihrer Kampfdrüsen und der gesteigerten Nervenleitfähigkeit ihres eigenen NeuraWire. Er sah zu ihr und nickte, als sie eine wellenförmige Handbewegung machte.

Soroush sprintete nach links und beschrieb einen Halbkreis hinter dem Fremden, während Shaka den Revolver hob und nach rechts sprang, in den Rücken eines der verbliebenen

Ganger, der gerade versuchte nachzuladen. Sie hob die Pistole von hinten unter dessen Armbeuge hoch und feuerte auf den Fremden. Wie erwartet prallten die Kugeln von einem unsichtbaren Kraftfeld ab, das einige Zentimeter vor seiner Haut schimmerte wie vor Hitze flirrende Luft über Wüstensand. Drago streckte eine Hand aus, und der Mann vor ihr zerplatzte und deckte sie von oben bis unten mit rotem Blut ein. Shaka ließ sich fallen und blieb liegen. Ehe er sich darüber wundern konnte, nutzte Soroush die Gelegenheit und ging mit seinen Augmentbeinen in die Hocke, um zum Sprung anzusetzen. Er versuchte, die Flugbahn abzuschätzen und machte dann einen mächtigen Satz über vier Meter. Noch im Flug bemerkte er, dass sein rechtes Bein etwas nachgegeben hatte, und er nicht auftreffen würde, wie er es geplant hatte. Stattdessen traf er den Fremden an der linken Schulter, und sie stürzten beide hart zu Boden.

Nicht unverwundbar, dachte er grimmig, während in seinem Sichtfeld rote Medizinwarnungen aufleuchteten. Er hatte sich das Schlüsselbein gebrochen, und die Schmerzen unter dem Hals brannten wie Feuer. Doch es ging ums Überleben, und er kam rasch in die Hocke, um herumzufahren, als der Unsterbliche bereits nach seinen Handgelenken griff und sie wie Schraubzwingen festhielt. Mit übermenschlicher Kraft hob er Soroush hoch, bis seine Füße einige Zentimeter über dem Boden schwebten.

»Schnipp-schnapp«, krächzte er und spuckte einen Schwall Blut aus, bevor er blutig grinste, als der Fremde höhnisch eine Augenbraue hob.

Soroush drehte seine Handgelenke ein und ballte die Hände zu Fäusten. Die Monofilamentklingen sprangen aus seinen Augmentarmen hervor und bohrten sich blitzschnell in Dragos Oberarme, die so angespannt waren, dass sie durch das daran hängende Gewicht abgeschnitten wurden. Nutzlos fielen sie zu Boden, und der Mann aus dem Orbit taumelte mit beiden amputierten Armstümpfen zurück. Soroush fiel zu Boden und keuchte vor Schmerzen auf. Durch Tränen verschleierte Augen sah er mit an, wie Dragos Kopf von hinten gepackt und brutal zur Seite gerissen wurde. Während sein Leichnam zur Seite kippte, tauchte Cheileen hinter ihm auf wie ein Engel des Todes – wunderschön und furchteinflößend zugleich, mit den Überresten getöteter Feinde auf der durchnässten Kleidung.

»Danke«, sagte sie in seine Richtung und musterte ihn wie einen kranken Hund, bei dem sie sich nicht sicher war, ob sie ihn einschläfern sollte. Sie kam auf ihn zu und kniete sich vor ihn. Seine Brust pumpte heftig unter dem viel zu schnellen Herzschlag, den der NeuraWire erzeugte – eine Nebenwirkung, die seit einem Jahr immer häufiger eintrat, da sein Herz nicht mit den stark erhöhten Kreislaufspitzen zurechtkam. Ein NeuraWire war ein Implantat, das auf der Straße ein langes Überleben sichern konnte, aber keines, das einen ins hohe Alter brachte. »Du hast es wirklich gut gemacht. Leider brauche ich noch einen weiteren Dienst von dir.«

Cheileen klang mitleidig, als sie das sagte, doch vielleicht bildete er sich das in seinem schmerzverzerrten und geschwächten Zustand auch nur ein. Ihre Miene war nach wie vor unbewegt, als sie ihn an der Schulter packte, aufstand und ihn hinter sich her zog. Nach etwa zwei Metern, die seine nassen Stiefel über den Spritzbeton schleiften, legte sie ihn neben dem amputierten Leichnam des Fremden ab. Cheileen nahm Soroushs Hände und zerrte ihn mühelos auf die Seite, bis sie seine Handflächen an Dragos Kopf legte, zudrückte und dann seine Unterarme packte. Soroushs Haut begann zu prickeln und gegen seinen Willen fuhren die Monofilamentklingen aus ihren versteckten Schlitzen über seinem Handgelenk. Eine davon führte Cheileen so, dass sie den Hals des Toten durchbohrte.

»Was …« Er räusperte sich und spuckte einen Schwall Blut aus. Rote Speichelfäden hingen aus seinem Mund, als er weitersprach: »Was tun Sie denn da?«

»Das würden Sie nicht verstehen«, erwiderte sie nachsichtig. »Ich darf den Orbitalfrieden nicht brechen, das würde meiner Dynastie Schaden bringen. Aber Sie hingegen … Herzlichen Glückwunsch. Sie haben einen Unsterblichen getötet. Das kann kein Crawler der Stadt von sich behaupten. Leider starben Sie selbst dabei.«

»Was?«, fragte er verdutzt, und als sie seinen rechten Arm mit der Klinge nahm und sie teilnahmslos an seinen Hals führte, riss er die Augen auf und versuchte sich panisch zu befreien. Es nützte nichts. Ihre Kraft war unnachgiebig, und seine Beine gehorchten ihm kaum noch.

»Stopp!«, rief jemand, und Cheileens Kopf ruckte herum. Soroush folgte ihr schleppend und sah die komplett rot verschmierte Shaka im Eingang zu dem abgetrennten Raum stehen, vor sich ein nacktes Mädchen, dem sie ihren Revolver an die Schläfe hielt. Das Mädchen war schlank, hatte lockiges schwarzes Haar und schwarze Augen, die interessiert und gleichzeitig abwesend dreinschauten. »Lass bloß die Finger von ihm, du Hexe, sonst knalle ich deine *Zielperson* ab.«

Die Unsterbliche ließ von Soroush ab und stand langsam auf. Es war das bedrohliche Aufrichten eines Tigers, der seine Beute belauerte.

»Das ist eine schlechte Idee«, befand Cheileen.

»Denkst du?«

»Ja. Wenn Sie sie töten, töte ich Sie und Ihren Freund. Wenn Sie sie nicht töten, überlege ich es mir vielleicht. Sie haben also kein Druckmittel, solange Sie selbst überleben wollen.«

Shaka lachte zur Antwort. Ihr von Blut überströmtes Gesicht sah geradezu wahnsinnig aus, doch ihre Stimme war es nicht.

»Du hast diesen Ort hier selbst gesehen«, sagte sie. »Und du glaubst wirklich, dass uns etwas am Überleben liegt? Ich dachte, dass ihr Weltraummenschen so intelligent wärt.«

»Sie versuchen, mich zu erpressen, um zu überleben.«

»Nein, ich versuche, dir klarzumachen, dass wir uns nicht bescheißen lassen, bevor ich die hier«, Shaka drückte die Mündung fester gegen die Schläfe des Mädchens, »abknalle. Du bist schnell, aber ich bin sicher, dass ich den ungläubigen Gesichtsausdruck in deiner Visage noch genießen kann, bevor du mich tötest.«

Cheileen blieb stumm und wartete.

»Ich benötige Aethericum«, sagte ihre Geisel unvermittelt. Ihre Stimme klang sanft wie die eines Mädchens und gleichzeitig mechanisch und distanziert, als reihe sie bloß Worte aneinander.

»Was?«, fragte Shaka irritiert.

»Ich benötige Aethericum.«

»Wer bist du?«, fragte Cheileen ruhig. »Du bist von Aetherium hergekommen, richtig? Wie war das möglich?«

»Ich benötige Aethericum«, wiederholte das Mädchen und die Eintönigkeit ihrer Worte gruselte Soroush.

Die Unsterbliche streckte eine Hand nach vorne, und mit einem Mal explodierte ein Teil des Bodens aus grobem Spritzbeton vor ihr. Ein kleiner Krater bildete sich, nachdem sich Staub und Splitter gelegt hatten, und ein blauer Schimmer kam zum Vorschein.

Aethericum, dachte Soroush. *Es ist sogar unter der Erde?*

»Es ist überall, es durchzieht diesen Ort. Was bist du? Meine Feldscans erkennen deine Signatur nicht«, fuhr Cheileen fort. Wovon redete sie da?

Das Mädchen antwortete nicht und ging stattdessen auf den Krater zwischen sich und der Unsterblichen zu. Es war ein bizarrer Anblick, dieses unschuldig wirkende Menschenkind inmitten dieses grausigen Blutbads zu sehen, das aus Körperteilen und -flüssigkeiten bestand, die den umgebenden Boden und die Fahrzeuge besudelten. Barfuß setzte sie einen Fuß vor den anderen und stieg über einen verdreht daliegenden Ganger hinweg, dessen Augen gebrochen ins Leere starrten.

Cheileen beobachtete, was geschah, und auch Shaka schien zu fasziniert oder konsterniert, um etwas zu unternehmen. Und dann erreichte das Mädchen den blauen Aethericum-Schimmer, der sich auf ihrer gleichmäßigen Haut spiegelte, stieg vorsichtig hinab und senkte die Hände. Soroush konnte nicht sehen, was sie tat, vielleicht berührte sie die Kristalle mit den Händen, möglicherweise tat sie aber auch etwas ganz anderes, als sie ihre Augen schloss und der Boden zu vibrieren begann. Betonsplitter zitterten erst und tanzten dann, als hätten sie ein Eigenleben entwickelt. Aus der Ferne war Donnergrollen zu hören und der Geruch von Ozon breitete sich in der Luft aus. Es knisterte um sie herum, als Shaka plötzlich neben ihm auftauchte und ihn auf die Beine zerrte.

»Hier passiert was«, zischte sie überflüssigerweise, während sie ihn halb trug, halb mit sich schleifte. Cheileen stand noch immer wie angewurzelt da, ihr Blick leer, als sei sie gar nicht anwesend. Dann klärte er sich wieder, und sie stieß zum ersten Mal, seit er sie kennengelernt hatte, einen Fluch aus. Sie machte einen Schritt vor, nur um einen Satz zurückzumachen, als sich zwischen ihr und dem Mädchen eine schwarze Sphäre bildete, an deren Rändern es knisterte und knackte und sich grelle Energiespitzen entluden. Das Licht des Raumes schien von der Sphäre angesaugt zu werden und dann um sie herum zu rotieren und alles zu verzerren.

Die Unsterbliche wurde nach vorne gezogen und stemmte sich gegen eine unsichtbare Kraft. Es nutzte nichts, bis sie die

Hände zu Fäusten ballte und eine Blase aus flimmernder Luft von ihr ausging, gefolgt von einem dumpfen Knall. Dann sprang sie erneut zurück und brach durch das halb geschlossene Rolltor nach draußen. Die Sphäre pulsierte und wuchs sprunghaft um das Doppelte an, als die Wände der Werkstatt explodierten wie ein zu prall gefüllter Luftballon. Mit einem Mal kauerte Soroush in Shakas Armen im Freien, umgeben von Regen und den Ruinen der Lagerhalle. Doch das war noch nicht alles: Der gesamte Krater hatte sich verändert. Alles stand in blauen Flammen, Häuser, Menschen, die kreischend umherrannten und panisch mit den Armen ruderten. Die Luft flackerte und knisterte, und es war unerträglich heiß. Der Anblick und die Helligkeit, die in seine Augen drang, waren überwältigend. Der Blaue See war vollends zerstört, und das Chaos kannte keine Grenzen.

Das Mädchen schien von alledem nichts mitzubekommen oder sich zumindest nicht dafür zu interessieren. Sie ging seelenruhig an der unheimlichen Sphäre vorbei, dorthin, wo das Rolltor gewesen war. Cheileen konnte er nirgends sehen.

Shaka zog Soroush ächzend hoch und zog ihn mit sich auf die Sphäre zu.

»Was tust du?«, krächzte er und sah gen Himmel, wo die Wolken ungewöhnlich hell leuchteten. Vereinzelte Lichtpunkte bildeten sich in dem grau-braunen Schmutzgemisch aus Schwefel und Wasserdampf, es waren Dutzende, und sie wurden immer heller, also kamen sie näher.

»Der ganze beschissene Krater, das ganze Aethericum explodiert«, schrie sie. Ihm war gar nicht aufgefallen, dass es so extrem laut um sie herum war. »Keine Ahnung was das da ist«, sie deutete auf die Sphäre und dann auf die Überreste des Gemetzels, um sie herum, »aber ich weiß, was das hier ist.«

Ehe er etwas einwenden konnte, zerrte sie ihn direkt vor

die Sphäre. Sämtliche Haare auf seinem Körper stellten sich auf und seine Hände und Füße begannen zu kribbeln, als Shaka grimmig den Mund verzog und sich mit ihm in die Schwärze warf. Er sah gerade noch, wie ein winziger Schatten hinter ihnen her huschte, nicht größer als ein kleiner Hund – oder eine Katze.

Nachwort

Liebe Leser,

Damit geht Band 1 von HYPERVOID A.D.D. auch schon zu Ende. Ich weiß, dass Cliffhanger nicht bei jedem beliebt sind, aber besonders in Serien ist es schwierig, sie zu verhindern. Ähnlich wie bei Behemoth 2333 möchte ich erneut ein Werk schaffen, dass am Ende als ein großes Buch in einem Rutsch gelesen werden könnte, und nicht nach 200 Seiten jeweils abgeschlossen ist. Wenn Ihnen die Geschichte von Soroush und Charlie bis hierher gefallen hat, freue ich mich sehr über eine Rezension im Internet und/oder Ihr Feedback per Mail. Ich freue mich stets über Ihre Zuschriften und antworte auch immer so zügig wie möglich.

Wenn Sie sich auf *www.weltenblume.de* in meinen Newsletter eintragen, halte ich Sie 1x im Monat über Neuerscheinungen informiert und Sie erhalten mein Ebook »Rift: Der Übergang« exklusiv und gratis.

Bleiben Sie gesund,
Ihr *Joshua Tree*

Glossar

Aether-Pulse: So wird das pulsierende blaue Leuchten der Flora auf Aetherium genannt.

Äther: ausgestorbene Alienrasse von Aetherium, die als Erschaffer der lokalen Flora und Fauna und des Mahlstroms vermutet werden

Aethericum: Fremdartiges Mineral, das zuerst auf der Kolonie Aetherium gefunden wurde. Danach Fund von mehreren Aethericum-Vorkommen auf Asteroiden und Monden in verschiedenen Systemen.

AntiGrav: Dynastie-Technologie, womit die Schwerkraft überwunden werden kann, z. B. in Fahrzeugen

Assembler-Fabrik: erste Replikatoren-Fabriken, in denen KIs mittels Industriedruckern sämtliche Dinge des täglichen Lebens herstellen konnten

Augmentaugen: künstlicher Augenersatz

Beatlejuice: Bar/Club im Westen Seattles, der als wichtigster Treffpunkt der Crawler gilt

BMW BS7: Brennstoffzellenmotorrad der Firma BMW

Bootes Void: sphärischer Bereich im Universum, der mit etwa 300 Millionen Lichtjahren Durchmesser beinahe leer ist

Carbinprothese: Augment, das menschliche Gliedmaßen durch Carbinkonstruktionen ersetzt, die deutlich schwerer, aber auch widerstandsfähiger sind

Cherenkov-Strahlung: auch Tscherenkow-Strahlung, ist eine Lichterscheinung, die beim Durchgang relativistischer, geladener Teilchen (z. B. Elektronen) durch ein lichtdurchlässiges Dielektrikum auftritt, beispielsweise in wassergekühlten Reaktoren. Ein Beispiel sind Teilchen, die mit annähernder Lichtgeschwindigkeit durch ein dichteres Medium fliegen, in dem sich Licht langsamer ausbreitet (z. B. Wasser). Dabei entstehen elektromagnetische Wellen, die einen Lichteffekt erzeugen.

Citydialekt: in Seattle von den Überlebenden gesprochenes Kauderwelsch aus verschiedenen europäischen Sprachen

Claim: Abschnitt des Blauen Sees/Kraters in Seattle, der von Gangs zum Schürfen beansprucht wird

Colt Ruger: zwölfschüssige 9-mm-Pistole.

Columbia City: Stadtteil im Westen Seattles

Comlink: Augment. Implantiertes Funkgerät.

Das Faszikulat: Flüssigkeit in einem Faszikel (siehe Faszikel). Hier: die blau leuchtende Flüssigkeit in den Faszikeln der wandernden Bäume und später in dem mysteriösen Wurzelstück.

Der Mahlstrom: Ring aus rund 2000 biologischen Maschinen im Orbit von Aetherium, die eine direkte Verbindung zum Hyperraum (Subraum) herstellen und aus ihm Energie gewinnen. Ihre genaue Funktionsweise ist auch nach 200 Jahren Forschung ungeklärt, verzichtet aber offenbar auf jedwede Form der Technik.

Der Schatten: ungeklärtes Phänomen im System Epsilon Archimedes, das ausschließlich von Aetherium aus beobachtet werden kann: eine Verdunkelung des Nachthimmels, wie ein ungleichmäßiger Schleier vor den Sternen.

Die große Verwerfung: ringförmiger Streifen von 50 Metern Durchmesser, der einen künstlichen Äquator entlang der Längsachse von Aetherium bildet, auf dem nichts wächst und in dem sich die wandernden Bäume nicht bewegen.

DNA-Guard: nanonische Abwehrzellen, die darauf spezialisiert sind, DNA-Stränge vor Veränderungen zu schützen. Seit ihrer Erfindung gibt es keine Todesfälle durch Krankheiten mehr.

Duster: langer Mantel

Dynastie: Als Dynastien werden die zehn mächtigsten Familienimperien der Menschheit bezeichnet. Sie gingen aus den dominanten Megakonzernen des 21. Jahrhunderts hervor und werden als gigantische Umverteilungsmaschinen bezeichnet. Ihre Mitglieder gehören meist zur Familie oder untergeordneten Familien, die von den Roboterfabriken versorgt werden. Jede Dynastie hat mehrere Millionen Mitglieder.

Echtzeit-Stream: eine vermutete Technologie der Dynastien, mit der Menschen aus dem Orbit mittels Bewusstseins-Streams Roboter auf der Erde steuern können.

Eudore und Eunike: die beiden Monde des Planeten Aetherium

Exodus: Als Exodus wird gemeinhin die erste Kolonisierungswelle bezeichnet, als die Dynastien in den fertiggestellten Orbitalring aufbrachen und die zerstörte Erde verließen. Im Alltagsgebrauch wird der Exodus als Zeitpunkt einer neuen Zeitrechnung betrachtet.

Exosicht: künstliche Einblendungen in das menschliche Sichtfeld, beispielsweise durch NanoWiz

Faszikel: siehe Leitbündel

Feullinger C-22: Name einer Supernova, deren Stoßwelle vor eintausend Jahren auch den Planeten Aetherium getroffen haben könnte

FineBot: kleiner fliegender Roboter mit morphenden Armen für feinmotorische Arbeiten

Gen-Resequenzialisierung: nachträgliche Veränderung menschlicher Gene mittels hochmoderner Genscheren

Hegemonie: Name für die menschlichen Territorien und die menschliche Gesellschaft in der Milchstraße, auch wenn diese kein zusammenhängendes, politisches Organ darstellt

Holoschirm: Bildschirm, der holographisch aus Lichteffekten erstellt wird, und keine Projektionsfläche benötigt

Hyperraumfeld: Eintritts- und Austrittspforte aus dem Hyperraum, die von den Roboterschiffen der Hegemonie erschaffen werden können.

Kassandras Komet: Himmelskörper mit blauem Schweif, der vor langer Zeit in den Lake Washington gestürzt ist und dabei die

Stadt verwüstete. Reich an Aethericum, das sich im Anschluss an den Absturz im entstandenen Krater verteilt hat.

KI-Gouvernement: Besonderheit auf Aetherium, wo die Dynastien sich nicht auf einen Besitzer der Kolonie einigen konnten. Daher werden übergeordnete Entscheidungen hier von dem Mother Core oder KI-Kern entschieden und geregelt.

Künstlicher Asteroidengürtel: Ansammlung von hunderten Asteroiden in einem hohen Orbit um die Erde, die von den Dynastien dorthin gebracht wurden, um ihre Ressourcen abzubauen

Leitbündel: Leitungsbahnen für den Transport von Wasser, gelösten Stoffen und organischen Substanzen in Wurzeln, Stämmen und Blättern von Pflanzen

Link: Mittels Quantenverschränkung eingerichtete Langstreckenverbindung zum Erinnerungsdownload von einem Senderkörper in einen Empfängerkörper durch ein Netzwerk von Mikrowurmlöchern zwischen dem Orbitalring der Erde zu den Kolonien der Menschheit

Madrona: Stadtteil von Seattle

Magnifikationsdisplay: integriertes Display im Teleskop von Friedrich Schellens Observatorium

Meitnerium: kurzlebiges, radioaktives Metall des Periodensystems, das nicht natürlich vorkommt

Memorycluster: künstliche Speicherzellen im Gehirn von Mitgliedern der Dynastien, in denen große Mengen von Daten gespeichert werden können – u. a. Back-ups von Erinnerungen.

Memoryplas: programmierbares Plastik. In den ersten Tagen der boomenden Nanotechnologie wurden nanonische Computer in Plastikmasse eingesetzt, mittels derer sich die Polymere entsprechend einer Programmierung selbst anordnen konnten.

Monofilament: ultrafeiner Faden, nur eine Atomschicht dick

Mother Core: KI-Kern des Planeten Aetherium, der sämtliche Aufgaben des öffentlichen Lebens außerhalb der Dynastiesektoren übernimmt und für den Frieden sorgt

Mules: Träger, die gefördertes Aethericum aus dem Krater in Seattle zu den Landezonen der Orbitalshuttles bringen

Nanonische Universalleiter: Universalkabel, mit denen verschiedene Stoffe oder Systeme verbunden werden können, um einen Signal- oder Stoffaustausch hergestellt werden kann

NanoWiz: Schwarm aus Milliarden Naniten, die sich im Gehirn bewegen und als hochentwickeltes Computernetzwerk dienen, das direkt mit den Neuronen ihres Besitzers verbunden ist. So erhält dieser mittels seiner Gedanken direkten Zugriff u. a. auf sämtliche Funktionen seiner Biochemie.

Natural: Mensch ohne Augmente oder künstliche Verbesserungen jedweder Art

Neotechno: elektronische Musikrichtung mit harten Beats und schnellen Rhythmen

NeuraWire: Augment, das als Ersatz des kompletten neuralen Stratums im Rückgrat des Menschen eingepflanzt wird, um dessen Nervenleitgeschwindigkeit um ein Vielfaches zu erhöhen

Never-Gebirge: großes Gebirge im Norden von Star City auf Aetherium

Okzipitallappen: Hirnregion, in der visuelle Reize verarbeitet werden

Orbitalfrieden: Friedenszustand im Orbitalring der Erde, wo jede Dynastie einen eigenen Sektor hat. Er besagt auch, dass keine Dynastie Ressourcen oder Orte auf der Erde beanspruchen oder in diese Neutralität eingreifen darf.

Orcs: Umgangssprache. Siehe Wostok-Mutanten.

Oyabune: Anführer eines Yakuza-Clans

Photosphäre: winzige Drohne, die Licht erzeugt

Plasstahl: mit Plastikpolymeren durchsetzter Stahl, der sehr billig herstellbar ist und gleichzeitig eine hohe Haltbarkeit und Flexibilität aufweist

Polysmart: ein aus Polymeren bestehendes intelligentes Material, das mittels einer NanoWiz-Verbindung in seiner Form und Funktion verändert werden kann

Q-Tech: siehe Quantentechnologie

QBit-Code: Codestruktur in Quantencomputern

Quantentechnologie: sämtliche Technologie, die in irgendeiner Weise auf Quantenmechanik basiert

Reallife-Klon: Menschen, die aus dem Erbgut ihrer Eltern geklont wurden und nicht durch einen Link kamen. Es gibt sie – anders als Kolonisten – nur einmal.

Renton: Stadtteil im Süden von Seattle

Ressourcenstation: vollautomatisierte Anlagen zum Abbau von Ressourcen, bspw. Bergbau, von wo aus die abgebauten Rohstoffe in den Orbit transportiert werden, von wo sie wiederum über die Roboterschiffe in das Handelsnetzwerk des Hyperraums gebracht werden

RiotBot: uralte Polizeiroboter, die zur Unterstützung menschlicher Polizisten in Aufstandssituationen eingesetzt wurden

Roboterhub: Gebäude in Star City, in dem die Polizei- und Pflegeroboter untergebracht sind und geladen werden

Schofield C-33: Bakterium, das in der Flora von Aetherium vorherrscht und auf ungeklärte Art und Weise Energie aus dem Mahlstrom in dessen Orbit beziehen kann

Sequoiadendron Aethericum: siehe wandernder Baum

Servitor: Diener-Roboter

Shiraz: Rotweinsorte, ursprüngliche aus Australien und Südafrika

Siechen: an ansteckenden Krankheiten leidende Bewohner Seattles, die aus ihren Stadtvierteln ausgestoßen wurden

Smartcoat: Nanitenstaub, der vielfache Aufgaben übernehmen kann, u. a. sensorische, protektive und formgebende

Sporn: Augmentklinge, häufig verbaut in Armprothesen, ausfahrbar

Star City: Hauptstadt der Kolonie Aetherium

Starhub: Sende- und Empfangsanlage, die es auf jeder menschlichen Kolonie und vierfach auf dem Orbitalring der Erde gibt. Über sie wird der Link zwischen den Welten hergestellt. Mittels

Mikrowurmlöchern, die für wenige Sekunden aufrechterhalten werden, kann so in Echtzeit ein Download stattfinden.

Streamen: umgangssprachlich für den Downloadprozess eines Bewusstseins durch den Link in einen Klonkörper

Subraumkonverter: siehe Mahlstrom

Symbionten: intra- und extrazelluläre Bakterien, die in den Laboren der Dynastien hergestellt werden, um konstant den Körper ihrer Träger zu reparieren, indem sie Zellen von Schlacken bereinigen

Synth-Körper: siehe Synth

Synth: Kunstmensch/humanoider Roboter

Synthmuskeln: Kunstmuskelersatz zur Steigerung von Kraft und Ausdauer

Tantaluswolf: angeblich mutierte Wolfsspezies in der toxischen Natur Nordamerikas

TechWizard: Techniker in Seattle, die sich mit Elektronik auskennen

Telomer-Sequenzer: anonische Roboter, die menschliche Telomere durchgängig reparieren und so den Alterungsprozess unterbinden, indem sich die Chromosomenenden nicht mehr verkürzen

Terpene: Hauptbestandteil der in Pflanzen produzierten ätherischen Öle

Teufelsnager: mutierte Ratten, die in Seattle leben. Groß wie kleinere Katzen und Überträger zahlreicher Krankheiten. Aufgrund ihrer roten Augen bekamen sie den Namen »Teufelsnager«.

Textiltattoo: bewegliche Bilder, die in den Stoff der Kleidung eingewoben sind wie veränderliche Tattoos

Torpor: Winterschlaf

Unimat: veränderbare Substanz, die mittels NanoWiz manipuliert werden und sich in viele Gegenstände des alltäglichen Gebrauchs verwandeln kann

Vakuumröhre: ein moderner Aufzug, der sich in Röhren bewegt, die vakuumiert sind

Verschränkung: Gedanken-Fernverbindung zwischen zwei NanoWiz oder zwischen NanoWiz und Maschine

Virage-1: Mutagen des Forschers Dimitri Schaparow. Siehe Wostok-Mutanten.

VR-Sim: virtuelle Realitätssimulation

Wandernder Baum: Die wandernden Bäume, wissenschaftlich Sequoiadendron Aethericum, sind bis zu einhundert Meter hohe Baumriesen und vorherrschende Pflanzen auf Aetherium. Ihre Wurzeln sind in ständiger, wenn auch sehr langsamer, Bewegung und sie reisen über den Planeten. Es gibt Bäume des Ostens und des Westens, benannt nach der relativen Seite rechts oder links der Verwerfung. In ihren Faszikeln (»Adern«) fließt ein Faszikulat, das zu großen Teilen aus dem Mineral Aethericum besteht.

Wostok-Mutanten: Mutierte Menschen, die mit dem von Dimitri Schaparow entwickelten Virus-Mutagen Virage-1 infiziert wurden, um sie widerstandsfähiger gegen die veränderten Umweltbedingungen der Erde zu machen. Sie sind äußerst groß und besitzen dicke ledrige Haut und übergroße Gesichtsknochen.

Xylem: holziges Gewebe in Pflanzen, das Stütz- und Stabilitätsfunktionen einnimmt, aber auch dem Stoffaustausch dient

Personenverzeichnis

Cheileen Marquandt: Unsterbliche, Mitglied der Marquandt-Dynastie

Damia: Oberaufseherin im Blauen See

Dan: Student von Charles Morrington

Dimitri Schaparow: Erfinder und Erschaffer des Virage-1 Mutagens

Dr. Charles ›Charlie‹ Morrington: Archäologe und Dozent an der Universität von Aetherium

Dr. Montgomery Charles: Forscher, der als erster die Verwerfung auf Aetherium untersucht hat

Gullo: Gangboss im Blauen See

Jorge: Ganger und Aufseher im Blauen See

Lex ›Bulle‹ Barnier: Techniker aus dem Blauen See, der für Grillo zur Arbeit gezwungen wurde

Lizzy: Studentin von Charles Morrington

Marta: Inhaberin des Beatlejuice, ehemalige Crawlerin

Mary Morrington: (Ex-)Frau von Charles Morrington

Mitch: Türsteher des Beatlejuice, Wostok-Mutant

Oswald: Student von Charles Morrington

Peeps: (Roboter-)Katze von Soroush

Peter: Student von Charles Morrington

Prof. Dr. Friedrich Schellen: Astronom und Freund von Charles Morrington. Kollege von der Universität von Aetherium.

Riley: Türsteherin des Beatlejuice, Wostok-Mutant

Roger Butterfield: Präsident der Universität von Aetherium

Seraphina: verstorbene Tochter von Charles und Mary Morrington

Shakoufeh ›Shaka‹ Price: Crawlerin und ehemalige Partnerin von Soroush

Soroush ›Soro‹ Hamilton: Crawler aus Seattle

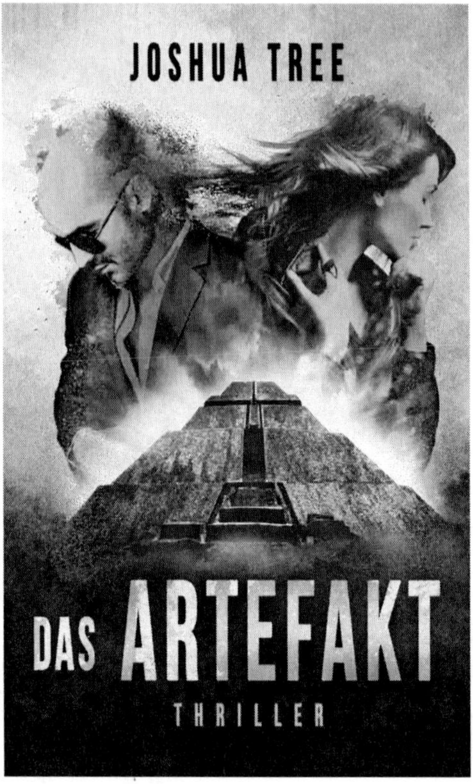

Joshua Tree

Das Artefakt

In einer Grabkammer unter der Großen Sonnenpyramide von Teotihuacán in Mexiko finden Professor Charles Bowen und sein Student Marcus Brown einen Gegenstand, den es gar nicht geben dürfte. Kurz darauf tauchen Unbekannte auf, die vor nichts zurückschrecken, um das Artefakt in die Hände zu bekommen. Nach einem brutalen Mord im Schatten der Pyramide kann Marcus fliehen. Was ist das Artefakt und warum ist es gerade ihm in die Hände gefallen?

Taschenbuch, 300 Seiten, € 12,99 [D]
ISBN 978-3-96357-036-0